做一个内心明亮的人

Don't play victim all your life

乌云装扮者 著

中国友谊出版公司

图书在版编目（CIP）数据

做一个内心明亮的人 / 乌云装扮者著. —北京 ：中国友谊出版公司，2020.5
ISBN 978-7-5057-4904-7

Ⅰ. ①做… Ⅱ. ①乌… Ⅲ. ①散文集—中国—当代 Ⅳ. ①I267

中国版本图书馆CIP数据核字（2020）第075738号

书名 做一个内心明亮的人
作者 乌云装扮者
出版 中国友谊出版公司
发行 中国友谊出版公司
经销 新华书店
印刷 三河市嘉科万达彩色印刷有限公司
规格 880×1230毫米 32开
8.75印张 190千字
版次 2020年10月第1版
印次 2020年10月第1次印刷
书号 ISBN 978-7-5057-4904 7
定价 45.00元
地址 北京市朝阳区西坝河南里17号楼
邮编 100028
电话 （010）64678009

所有人的弟弟

北京一度负责容纳我的混乱。在南京，我过着有规律的生活，每天早睡早起，吃早餐，按时上班，社交生活如一潭死水。到了北京之后，我开始玩耍，喝大量咖啡，见很多人，很晚了还不睡，开车在大道上游荡，吃烤串喝酒，第二天又睡到中午才起，而且还是在陌生的酒店房间里。

那个时候我的朋友索马里还在智族杂志工作，就在华贸里面。于是，我们经常在华贸底下吃饭、理发、讲很多话。我跟着她去她的办公室，办公室是格子间，没有看出什么顶级杂志奢华的风格，然而她的同事们却个个都是很神气的样子。

我就是在那个时候认识了乌云，索马里把他当成弟弟一样，其实所有人都把他当成弟弟一样。他当时非常年轻，话很少，但说话很直接。

他们在日常中主要是靠互相吐槽或者吐槽别人来维持友谊的。我猜一个精英行业里的精英可能就是这样：有很多抱负，不怕输，也不怕权威。

当时谁也不会料到，很多年后，这个年轻人自己出来创业，有了公司，养活了一些员工，有时还不得不拿出一点老板的威严来，显得很滑稽。

我从他们身上吸取了很多东西，具体说来似乎也不太清楚，总之仿佛找到了面对世界的另一种方法，或者说眼光，甚至是一种新的身份。那个时候我正处于 30 岁之后最可怕的时期，如果不是经常去北京和他们在一起，说不定我就疯掉了，或者做出奇怪的事情。

当然，并不是说我没有做。

然后，一切都变了。我很少去北京出差，几乎与北京隔绝了。索马里也离开了北京，去了上海，离开了堪称浮华的杂志圈，去了更为沉静的出版界。再后来，我们都结婚了，我还生了一个小孩。现在，眼看我快 40 岁了，而弟弟，我们所有人的弟弟，却几乎走遍了全世界。

我成了乌云的公众号“乌云装扮者”的忠实读者。我追看他的公众号，是因为他去了我根本不可能去的地方，至少是暂时不可能去的地方，并且将那个世界搬到我的眼前。虽然是弟弟，但他跑得很快、很远。他住在豪华或有趣的酒店里，听任各种事件以奇特的方式发生，与各种各样的人相遇，然后用他独有的语调叙述这一切。他的叙述令我感到他去过的那个世界就在眼前。

当我们所有人都在停泊、犹豫、困扰的时候，弟弟带着这些往前奔跑，奔向了世界的怀抱，“变成了世界的水手，停泊在每个码头”。

当这些文字集结成书，拿到手时，我感觉这是弟弟写给每个人的信件。

现在，我们一起来打开它吧。

荞 麦

目录

I　旅　行

II 随 笔

I

旅　行

我的月亮来了，星星还没有来

不知道你有没有玩过超级马里奥，在游戏里，每当马里奥摘取一排一排的小金币时，就会响起清脆的音效。

在加拿大新斯科舍省的倒数第二天，我们从白点海滩出发去基金库吉科国家公园。车开得又快又稳，有一段路，我留意到两旁长满了杉树和枫树。晴天的阳光离地面很近，像很多个小太阳落在树梢上。光线穿透了树丛，车直直地闯入这些光线中，就在那短短的五分钟里，我们好像变成了摘金币的马里奥，到处是 bling bling 的声音。

一阵一阵的，是一种发财的感觉。

总之，那几天，时间被阳光填满。任何风雨都是“轻盈而有礼貌”地经过，像一个性格沉稳、从来不被情绪困扰的人。

阳光让我变得积极。这种感觉一直伴随着我在新斯科舍的整个旅程。

从首府哈利法克斯出发，绕了一圈，再回到哈利法克斯。当地接待我们的是名叫帕姆和米歇尔的两位大姐，她们每人开一辆车，将我们送到每一个目的地。

除了酒店之外，车是我们待的时间最长的“地方”，有时，我甚至感到自己身处某个车企的广告之中。

因为行程匆忙，我觉得这是一次“考察”，而非真正意义上的旅行，因此我把“考察”的预期降到最低，并告诫同事：“加拿大可能只有树林，其余一切都很无聊，你要做好准备。”

亲爱的读者，你那么聪明，肯定预测到了：我将为自己的“偏见”感到羞愧。

实际上，直到登上飞机前的那一刻，我还没弄清楚新斯科舍在地图上的位置。我很惭愧，第一次见到帕姆的时候，我还大声问她：“‘新斯科舍’是什么意思？”我当时狡辩道：“因为我喜欢不做功课、充满惊喜的旅程。”

其实，这是你也可以记住的知识点：新斯科舍（Nova Scotia，拉丁语是“新苏格兰”的意思）在加拿大版图的东南角，是加拿大“大西洋四省”之一，从前是早期欧洲移民移居加拿大的登陆点，人口约 93 万。首府哈利法克斯是世界第二大深水港，一直以来都是加拿大的海军基地，也是加拿大大西洋舰队司令部的所在地和重要的军事基地。

除了首府哈利法克斯，新斯科舍省的很多重要城镇都离海很近，渔业发达，海鲜是这里最常见的食物，这里的海鲜产量占加拿大海鲜总产量的四分之一。我常常和同行的人说，如果你们是海鲜过敏体质，在这里可能会挨饿——从落地当天开始，我们几乎每天都有机会吃到龙虾。

知名的“波士顿大龙虾”很大一部分都出产于新斯科舍省。因为之前新斯科舍省的大龙虾多是通过陆路运输到波士顿，再从波士顿空运到世界各地的，所以被打上了“波士顿大龙虾”的标签。

但是当我们在名为五渔人的餐厅用晚餐的时候，我决定不吃龙虾了。

这可能跟我喝了当地出产的起泡酒有关。

为什么这么说呢？因为我第一次发现酒能让我感到快乐。（这个时刻对我来说意义重大，因为过去喝酒对我而言只是逢场作戏。）我感受到无数个气泡在我的喉咙里裂开了，促使我露出微笑，我开始对每一个人都很友好。我充满了对世界的探索欲，并且坚定地告诉服务生：“海鲜很棒，但我决定吃牛排。”

从酒精里体验到快乐，这是一种多么危险的体验和收获啊！正如很多人在青春期时初次获得性愉悦的年龄不尽相同，我们在酒精中获得快乐的时间也是因人而异的。

体会到酒精的乐趣，这只是时间问题。

“从前……”

帕姆开始向我们介绍这座城市的历史。换作从前我可能真的没有兴趣，然而此刻的我却充满了积极性，对世界的好奇有增无减。于是，我听到她说：1912 年 4 月的一天，哈利法克斯人接到一个海上营救通知，他们就从距离这里不远处的港口出发，乘风踏浪而去。到达后却发现需要营救的船只已经沉没，便将散落在海面上的物品以及乘客遗体带回。

“当时呢，有一些遗体就放在这个建筑里。”

帕姆打着手势，示意我们这里从前是怎样的景象。

“什么？！什么建筑？”我放下酒杯问。

“就是这家餐厅呀。”她指着桌子和周围的一切说，“最开始的时候，这里是一所学校，后来被改成了停尸间。不过呢，那都是很久以前的事了。”

我看见一桌人都放下了刀叉。

我盯着多出来的一张椅子，然后问她：“所以，此刻这张椅子并不是空着的，对吗？”

“你太聪明了！是的。”

然后，在这家温暖、喧闹（此刻仿佛更加喧闹）、飘着酒香的餐厅里，她继续说着沉船之后的那次特大灾难。

“‘大爆炸’，我们都是这么叫的。1917 年 12 月 6 日，那本是一个普普通通的清晨，港口码头照例一派繁忙，一艘满载着 5000 吨弹药和炸药的法国军火船与一艘比利时救援船在海湾相撞。两船起火时，许多市民还涌到码头观看。谁知军火船在燃烧后爆炸了，腾起的烟柱高达 3000 米，5 平方公里的街区刹那间被夷为平地，哈利法克斯大片地区被摧毁，连远在百公里之外的小城特鲁罗的许多建筑的窗户也被震得粉碎，很多人都失去了眼睛……”

哈利法克斯大爆炸是原子弹出现以前人类历史上最激烈、最悲惨、损失最大的一次爆炸事件，它几乎毁灭了整座城市。

这个惊人的史实让一度认为“加拿大没有什么历史”的我感到非常羞愧——虽然这并不是什么让人高兴的历史。

如果你熟知历史，就知道帕姆刚刚说的那艘船是大名鼎鼎的“泰坦尼克号”。

1912 年 4 月 14 日，那个恐怖的夜晚，“泰坦尼克号”在离哈利法克斯不远的海面上撞到冰山沉没，多数救援船只从哈利法克斯出发，带回了一些幸存者，但因为去得太迟了，很多人遇难了，他们的尸体被运回哈利法克斯，埋葬在这座城市里。

我终于承认了，哈利法克斯是一座有故事的城市。

然而，没有人会想到，真正打动我的是帕姆的那种热情。她神采飞扬地给我们讲着这些历史。对她而言，每一个景点、每一段历史都是激动人心的。这种热情让她有一种把黑色或者灰色变成白色、黄色、绿色和金色的能力。

像我们这样的媒体“考察”团，她每年都要接待很多个，一些路线肯定是会重复的，每次她都会向来访的人讲述同样的信息，然而每次她都像第一次那样充满热情。

我觉得她真正融入了当地的生活。她热爱这里的一切，那些曾经让我感到无聊的树林、湖、海岸（这一切真的很美，但是很多时候，很多东西除了美却一无是处），甚至海鲜餐厅，在她的描述中，都成了最值得当地人骄傲的东西。

例如，在基金库吉科国家公园，她专程开车带我们去看人们露营的区域。她说：“看，能在这里露营，真的很棒。你想露营吗？”

我露出了“露营是什么”的表情。

“你可以在这里租一条船，带着行李划向森林腹地，那里是露营胜地，没有无线网络，也没有现代化设施。”听她这样说，我表示这是我曾在探索频道梦想过的探险之旅。

正是在这一段旅程中，我再次体会到，对于任何一片被当地人深爱的土地而言，每一位旅行者都是“闯入者”。我们闯入的，是他人的生活和自然环境。一名闯入者万万不能高高在上地加以评价——他们的这种生活和自己追求的那种生活相比，究竟有着怎样的差距。

打开心扉，才能在旅行中看到他人的热情、抓住值得你回味的细节。否则，你就是在浪费自己的时间。

应该说，就是为了报答帕姆的热情，去白点海滩的路上，我竭尽全力地和帕姆讨论一些并不是很重要的话题（以“杀”死车里的寂静）。例如，该地区的支柱产业（渔业、金融、旅游等）、各城镇的人口（刚刚路过的那一个城市约为 8000 人）、当地枫树林变红的时间……我们聊到路边的河流多么美丽，而她则在寻找退休养老的地方，那里一定要靠近水边，和她童年时住的房子一样。

我告诉她，从前我非常热爱江河湖海，但是有一次差点儿溺水，幸好我爸爸救了我。从那以后，我再也不敢在河里游泳了，更别说在大海里了。

我开诚布公，承认自己的胆小。可是谁能想到，当我们到达白点海滩度假酒店时，看到一群人在冲浪，我大喊着要学冲浪。

我还记得，几个月前我在慕尼黑的露天电影院见到过类似的景象。银幕里，冲浪者们不畏各种自然现象冲向巨浪，我被深深地激励着。

然而，这个提议立刻就被帕姆回绝了。

“让他试试吧，”同行的人说，“酒店里有冲浪课程。”

“不行，这不是个好主意。你记得你在车上说的吗？”帕姆说，“注意安全。”

然后，我气汹汹地说，我要把周围的兔子都吃了（这家酒店的园区里有很多兔子），周围的人无不惊恐地说：“不！”紧接着，我又气汹汹地走到海边。夕阳西下，我看着那些在浪头上划水的年轻人，连连为他们鼓掌。周围居民养的狗跑过来跟我打招呼，然而我却没有心情和它们玩。“你们有本事给我叼个冲浪板来。”我跟它们说。它们非常沮丧，很快回到了主人身边。

看海浪的人都聚集在离酒店不远的地方。那里还可以看见花丛。我走过去，发现那是个非常美丽的地方，植物心无旁骛地长在岸边，尽管海浪会时不时去惊扰它们。

美让我心情平静，但真正让我心情变得愉快的是食物。酒店管事的唐娜在海滩边招呼我们一行人。为了煮好贻贝，她用一个大桶装满海水，没用任何配料，只放了几颗大蒜。

我断定，这是有史以来我们吃过最好的贻贝，其中一个原因是大海的景色太美了，还有一个原因是，唐娜在中途大声宣布：“我要带你们见证一个奇迹。”

一个奇迹？我设想，也许是到了潮起潮落的关键时刻，大海会劈开一条大路，通向某个岛屿。我非常激动，立刻跑到她身边，像个第一次上自然历史课的小学生一样，等着她讲下去。

但她没有把我们带向大海，而是拨开花丛说：“这里有很多蝶蛹，它们马上要变成蝴蝶了。”我们看见那些绿色的形状奇怪的蝶蛹安静地悬挂在栅栏或是一些比较坚固的植物枝干上。

“它们会穿过这片大海，最后到达墨西哥。”

她描绘着这个美丽的场景，我激动得头皮发麻。

在新斯科舍的白点海滩，海浪会变成羞涩少年，只想和沙滩上的植物打招呼。

白点海滩旁的酒店餐厅

“所以我们正对着的方向是东边还是西边呢？”我想知道蝴蝶真正的路线。

她是个很奇怪的女士，因为她并不告诉我这是“东方”还是“西方”，而是指着大海说：“那个方向，是意大利和希腊的方向。你这样……看过去……”好像我们真的能看到地平线上插着一面意大利国旗。

然后，她像一个戏剧演员一样说：“好戏还在后头。”

这家酒店坐落在海滩边上，景致惊人，是家庭度假胜地。我们享用了贻贝，就转到餐厅里用正餐。在那里，我们开始了一段不那么像旅行的时光。

恰逢中秋佳节，唐娜为我们准备了月饼，这出乎所有人的意料。她是去哪儿买到这些月饼的？我当场流下了眼泪，但是为了不让现场的人觉得我虚情假意，我偷偷抹去了。

连续四年，我中秋节都是在国外度过的。我记得，四年前是在伦敦飞往爱丁堡的飞机上，我在空中看着皎洁的月亮。从那之后，我妈每年都会往北京快递她做的月饼，每次都是一整箱。我责备她说："这么多吃不完，很容易坏掉的。"于是，她后来又减少月饼的数量。这样，一旦我回到北京，我就能吃到家里的月饼。

不过，我觉得能看到月亮就已经足够了。农历八月十六，帕姆开着夜车，提醒我看外面的月亮，我看到月亮很大、很圆、很亮。

我觉得，那就是我的月亮！

那个晚上，唐娜假装这月饼并不是自己刻意准备的，而是"恰好路过"某个超市，买了一盒。

她表示，白点沙滩是全世界最适合观看银河的地点之一，并且依然用那种奇妙的语气说："当你看到银河时，要把手里的石头……来，给你……扔到海里……这样能给你带来好运气……"

我决定等到深夜再去做。

大堂里的表演已经开始了，乡村歌手卖力地演唱着。他在唱《乡村路带我回家》的时候，酒店里一些美国游客忍不住也和唱起来。因为旅途劳累，和我们同行的几个人都回去休息了，我把同事安迪拉过来，坐在酒店的壁炉前加班。柴火很旺盛，有一种加拿大远方森林的气息。

安迪不得不在我的监督下拿出电脑，制作当天的新媒体内容。

旅行成了我们工作的一部分。此刻，我不想说这种结合是什么让

加拿大东南部的月亮

人羡慕的事情。

当代生活是一个基于互联网的巨大温室，我们必须时时刻刻和世界各地的人联系在一起，分享这些景色。

我们还到过雨过天晴的卢嫩堡、有灯塔的佩吉湾，还在北方港口参加了短暂的学习龙虾知识的课程……信息密度超出了我的想象。

我安慰年轻的同事，尽管我们都无法摆脱旅途和工作的劳累，却能够这样密集地感受人类文明的奇迹。我重复道："打开心扉，才能在旅行中看到他人的热情、抓住值得你回味的细节。否则，你就是在浪费自己的时间。"

我觉得城市生活不能为我带来这样的体验，直到我来到新斯科舍的海边，才有了这样的体验。一些我们所谓的"结论"，也不是在日常生活中，比如吃饭的时候突然得出的。这就是为什么有的人要去类似基金库吉科国家公园那样的地方，划一艘小船，慢慢消失在芦苇和灌木深处，去一个没有无线网络的地方……

深夜，白点沙滩的上空被云层覆盖，我们都没有看见银河。

事实上，我从来没有见过银河。

还有一个亘古不变的定论，那就是风景并非一成不变，你一定要看的东西，比如山峰、大海、博物馆、极光……永远在下一个旅程中。

关于下一个旅程，我应该提前向你预告：我在后面的行程中丢失了手机。因为没有及时备份，照片几乎全部遗失了。所以，你应该知道，尽管我希望自己沉浸在自我感受以及写作的乐趣当中，但与大家分享极少量的图片，并不是有意为之的。

虽然接受这个事实对我来说并不是什么困难的事，但是我觉得，一旦开始旅行，就有了遗憾。

当我发现世界上还有我不能做的事情、到不了的地方、得不到的东西、看不到的风景、等不到的人……就觉得很遗憾。

其实，有的时候，留有遗憾就是旅行的意义。

海边少年

对世界各地的人来说，灯塔是一个象征，象征这里曾经美丽过、浪漫过，今天他们只需要一个记忆的证明，而不是一个真实的导航人。

在哥本哈根，夏天是一个骑自行车才能抵达的地方

进入北欧，我到达的第一个城市是哥本哈根，在我们共同的认知里是“全世界最宜居的城市”之一。

出发前，我简单地做了功课，并和当地旅游局的朋友进行了协商，以确保将“吃喝玩乐”的比重降到最低，以免被在写字楼中加班的同事和读者怨恨。

实际上，我更期待看到的是该地区的艺术、文化和设计。这一切是最为我们熟知的、代表了“北欧风格”的东西，但我们往往只专注于它们的表面呈现，反而让它们的源头充满神秘感。

神秘感从我在伦敦转机、从西往东飞临丹麦的途中就展现出来了。我看到一些整齐的白色机械矩阵排列在大海之中。这宏大、充满未知的一幕，甚至让我感到深深的焦虑。

那是什么呢？有一天，我乘清早的火车去海边的路易斯安那现代

哥本哈根市的内海

艺术博物馆，终于获得了答案。但我决定以后再告诉你。等我乘火车飞奔回市区，已经是下午 2 点钟。在靠近新国王广场的小巷子里，我见到了此次“骑行体验哥本哈根”的向导阿瑟，他正要出发。

哥本哈根堪称全世界对自行车最友好的城市，几乎每条街道都有专门的自行车道，你甚至可以将自行车骑进火车车厢或者轮船。一些商场甚至增设了允许自行车进入的入口。而我此前也非常谨慎地向帮忙安排行程的朋友提出了自己的愿望——“尽可能了解哥本哈根的公众建筑和艺术设计”。

因此，阿瑟是最合适的向导人选。

他原先是一名建筑师，曾经担任过相关专业的教师，还拥有自己的自行车商店。他还为游客规划骑车路线，并亲自引导他们骑行。

有两位新加坡姑娘（她们试图用口音来掩盖自己的身份，想让人相信她们来自美国）同时加入了“参观哥本哈根公共建筑3小时”行程。

阿瑟为我们准备了一种造型奇特的自行车，这种自行车的主体是个三角形，轻便小巧，充满未来科技感，也更适合亚洲人的体形。

我后来发现，北欧街头的自行车普遍很高大，更适合当地人的身高——相信我，许多北欧人的脖子以下都是腿，长达“5米”。

阿瑟向我们简单介绍了交通规则，我认为这很有必要。你可能也知道，城市单车呈现出爆发式的增长模式，但是骑自行车的人缺少基本的交通规则常识，有时候会出现公共交通问题。

我们很快适应了自行车及其带来的路人的注意力，来到运河边上。

“确切地说，这里是海，不是运河。它只是看上去像河，水却是咸的。”阿瑟说。此时，有一群小男孩不断地从岸边跳入水中，这是他们的夏季娱乐。从另一个角度来看，这恰好证明了哥本哈根的水道中的水质很好。为了证明这个结论，阿瑟还举了另外一个例子：“我们还在运河里养牡蛎呢。”同时他又补充说，哥本哈根城区，甚至整个丹麦几乎没有了大型工厂和可能影响环境的企业，它们被转移到了其他地区。

但这并不是全部。今天我们看到的很多建筑，恰恰是丹麦人为了解决环境问题所做的“实验”。

我们见到的第一个“实验项目”是那种可以用“酷”来形容的建筑——城市船舱。它就在离跳水的男孩们20米之外的地方，看上去像

夏天的哥本哈根

一个很小的码头，但阿瑟很快就指出了它的惊人之处：它是漂浮着的建筑。

众所周知，哥本哈根是世界上生活成本最高的十座城市之一。如今，越来越多的学生前往丹麦接受高等教育，因而舒适、便利且价格合理的房屋在丹麦变得越来越紧俏。2013 年，企业家金·罗德多普发现自己的儿子也遇到了住房问题，他突发奇想，希望把房子全部建造在港口、运河之上，为学生们提供更加方便且便宜的住所。

我们眼前的城市船舱就是在这种情况下诞生的。

丹麦著名本土建筑师杨克·英格斯参与了这个项目。每个独立项目由 9 个独立的箱体围绕而成，包括 12 个独立房间和供户外活动的区域。而与传统住宅相比，杨克·英格斯为每处住宅装配了太阳能电池板和由 NASA（美国国家航空航天局）开发的气凝胶室内建材，并通过将海水转化为热源，成功降低了 81% 的气体排放量。

第一批“宿舍”已经在 2016 年的秋天完工。你看，这并不仅仅是个概念设计，还被应用到真实环境中。是不是很棒？

正是看到了城市船舱，我更加确信自己没有去游客区的选择是正确的。实际上，离开这片水域之后，阿瑟也巧妙地避开了游客最为集中的新港，带着我们直接去了内港桥。

这座桥长达 180 米，连接着著名的新港与克里斯蒂安港。因为桥面能够随时延伸或是收回，所以这座仅供行人和自行车通过的桥又被称作“接吻桥”，是最新加入哥本哈根城市运输系统的 17 处自行车天桥和隧道之一。

事实上，修建接吻桥时并不顺利。在 2016 年 7 月正式向公众开放前，它曾被搁置3年，之后被重启，而整座大桥的修建又花了5年时间。

“这件事应该让中国人来做。”我笃定地说。

桥面上人来人往，但干道则是为自行车准备的。有一对穿着单宁长袖和白色短裤的情侣骑着自行车从我面前过去，我的印象非常深刻，觉得他们很美。阿瑟在桥面上继续讲解着，他指着远处海边一座恢宏的白色建筑，说那就是哥本哈根歌剧院。

建成于2005年的哥本哈根歌剧院几乎代表着当代歌剧院的“最高建造水准”，整座建筑的花费超过了5亿美元，一共14层，分为地上9层和地下5层，其中歌剧院中的主舞台最多可容纳1500人。当你抬头时，就能够看到装饰在主礼堂天花板上的10.5万张24克拉的金箔纸。

我没有按下快门。其实，我10多天后两次返回哥本哈根，也没有为这座建筑拍过一张照片——我是在看到阿瑟脸上露出那种不屑的神情时做出这个决定的。他真的很不喜欢这个建筑。

我们骑行到歌剧院的正门口停下来，看到了正对面的阿美琳堡王宫，那是丹麦王室的主要宫殿。“女王每天起床推开窗户，原本能看到远处的景色，如今她的视野被这座巨大的歌剧院挡住了。”接着，阿瑟非常直接地表达了自己的不满，“这座建筑太有存在感。它更像是‘发起者’，是一位丹麦的造船大亨为自己建造的丰碑，想把人们的注意力都吸引到自己身上——这恰恰是丹麦传统的公共建筑尽力想避免的地方。我想要说的是，炫耀至上的个人主义和哥本哈根的城市精神背道而驰，因为我们的公共建筑，比如那些博物馆、图书馆、剧院（他说到了我最喜欢的建筑）总会留出一部分公共空间，让人们一起享用。但这座歌剧院平时不开放，因此公众很难参与进来，和建筑进行‘交流’。另外，丹麦是一个高福利国家，相应地税也很高，建筑师并不喜欢奢侈的风格，他们优先使用性价比高、朴素的材料，而这座建筑使用了金箔这样的元素，和哥本哈根格格不入。可以说，这是我最不喜欢的建筑，但我们无法无视它……”

最终，我们还是（带着沉重的心情）骑着自行车绕过了它，继续沿着卡诺·德斯威这条滨水道路骑行。

这一地区在1826年之后成了海军基地和造船厂，历史建筑留存至今，远离喧闹的商业区，风光秀丽，是一些创业公司和艺术机构的办公室所在地。

丹麦著名的建筑设计事务所3XN就坐落在这里，经过改造的建筑拥有绝佳的自然采光和层高，确保每个办公的人都能看到户外的景色。

这里视野开阔，能够看到远处的灰白色建筑：丹麦BIG建筑事务所改造的阿曼格·巴克废物发电厂。

这座废物发电厂被称为废物管理和发电领域的一个典范。它的面积为9.5万平方米，采用了最先进的废物处理和环境保护技术。让人惊叹的是，这里还搭建了一座巨大的屋顶滑雪场，面积为3.1万平方米，访客可以通过烟囱里的一架电梯抵达屋顶的滑雪坡，它成了发电厂和人们之间的桥梁。

阿瑟为这座建筑添加了自己的解释，他说，丹麦是没有山的国家，这座发电厂高高地耸立着，似乎填补了这个空白。

他问我为什么对建筑感兴趣。我非常激动地表达了我理想中的工作就是建筑师这一想法，然后说道：“我们一辈子都和建筑‘生活’在一起，但是对城市而言，建筑又是比我们更长久的‘居民’，它们

哥本哈根有北欧标志性的蓝天和清新的空气

充满了故事。”

他对这个回答感到非常满意，然后告诉我负责这个改造项目的建筑师杨克·英格斯对这座电厂的看法：“这座发电厂让人相信建筑具有改天换地的能量，一旦建成，世界将会改变。”

不过，他又补充说：“建筑师这样的职业，在我们国家竞争非常激烈——好像所有人都是建筑师。所以，我更喜欢现在的工作和生活。我已经不再是个建筑师了。”

我们绕过一个被绿树环绕的湖泊，前往下一个目的地。

夏天，北欧的阳光非常强烈，骑了一个多小时的自行车，我一路（在心中）叫苦不迭，幸好在这个地区感受到了凉意。我们骑得很慢，因为路开始变窄，步行的人也多了起来。湖边的草坪上有很多人席地而坐，周围的建筑低矮、隐秘，这里更像是乡村。

我要拿起手机拍照的时候，一个五六岁的小男孩立刻弯下腰，怕妨碍我拍照。但阿瑟提醒我，这里是不能拍照的。

我很快得知，这一带就是丹麦著名的“自由城”，一个在哥本哈根城中宣称自治的“国家”。

自由城是实行无政府主义的公社，是后嬉皮时代最著名的运动之一，目前有自治委员会，甚至拥有自己的法律。这里的居民大多为嬉皮士、自由艺术家、草根运动人士、摇滚乐手等自由派风格强烈的人，甚至拥有自己的货币系统、邮局、卫生所、学校，也不受丹麦禁止室内吸烟制度与大麻禁令的影响。

我们继续“路过”几处有意思的建筑。第一个是在普拉格斯大道

哥本哈根的街角

区新建的运动场馆，它的特殊之处不仅在于采用了廉价而环保的材料（木头），可以根据体育项目变换功能区，而且这附近是丹麦接收的难民相对集中的区域。

这个新的运动场馆是为了让难民和当地居民共同参与体育项目而建造的。

我们停下来进去参观时，立刻就被场馆中的热气烘得汗流浃背，然而，足球场上的孩子们正激烈地进行着比赛。有个小孩跑过来问我们找谁——他和那个躲开我镜头的小男孩一样，只是想帮个忙。我摇摇头，阿瑟则找来工作人员，当着我们的面说："这里不应该这么热，因为所有的窗户都是可以打开的，他（工作人员）现在就会演示那些窗户是如何打开的。"

所有窗户都打开了，热空气就像魔法一样迅速散去。

然后，我们像做了好事的学生，跟着"老师"去了哥本哈根大学，那里有一栋名为提根宿舍的学院宿舍。

这座环形建筑是由丹麦知名建筑设计公司郎佳德 & 特兰博（Lundgaard & Tranberg）设计的。大楼总共 7 层，有 360 个房间。每一层都有公共空间，如公用厨房、娱乐室、咖啡屋等，每个房间均有独立的卫生间和露台。除了寝室之外，餐厅、视听室、自习室、洗衣房、会议室、健身房和单车停车处等综合设施分布在单元楼中。环形建筑的中央是茂密的植物，透过每个宿舍的窗户都能看到植物。借助这些设计，促进了学生之间的"关系"。

来到这里，同行的一位新加坡姑娘（终于开口了）问我是否说中文，我说是的。

她自信地说，这样的建筑正是采用了“胡同”理念，并试图说服阿瑟接受自己这个解释。

“也许吧，我不是很确定。”阿瑟接着她的话说。

我天生不太喜欢过于自信的人，就决定亲自上网查询这座建筑的相关信息，最后得知：这座建筑实际上采用的是中国南方福建省“土楼”民居的设计灵感，而不是北方的“胡同”。

我还没来得及更正这个说法，阿瑟就带我们离开了。有的时候，我们实在没有纠正别人的必要，尤其是当对方过于自信的时候。

我们路过一个安静的街区，具体名字我忘记了（一天之内要记得这么多地名，对我而言实在是个巨大的挑战）。阿瑟觉得有必要稍微停一下，于是我们就在一个有儿童游乐场的地方下车了。

他重点赞扬了政府对这片区域的改造成果，因为过去周边的建筑都是工厂宿舍，房间里甚至没有盥洗室，工厂关闭之后，没有人愿意住到这一地区。政府就在原来的建筑中进行改造，并且引入了一些游乐设施和商店，让这一地区重新活跃起来。

“哥本哈根的改造项目很多，一方面它们体现了可持续的理念，减少了工程对周围环境的影响；另一方面也给设计师们提供了更多的工作机会。”

我们路过一个铺满了人体的区域——确切地说，是很多人在晒太阳。北欧的夏天很短暂，人们把阳光视作馈赠，格外珍惜（所以他们的假期很长，用来晒太阳）。这里就是哥本哈根最受市民欢迎的地方之一：海港浴场。很多人下班路过这里，会选择跳入泳池中游泳，再次证明了市区的水质很好。

“参观哥本哈根公共建筑 3 小时”的最后 5 分钟，阿瑟把我们带到了一座桥梁之上。这对我来说是个莫大的惊喜，因为这是我最喜欢的冰岛籍丹麦艺术家奥拉维尔·埃利亚松的作品：圆形桥。

圆形作为埃利亚松创作中的一个主要命题，常常出现在他的许多作品当中，当然也包括这座长 40 米、横跨整个克里斯蒂安港的桥。5 个直径从 10 米到 14 米不等的大小各异的圆形构成了桥的主体，每个圆的圆心都竖立着一根模仿船上的桅杆而造的直杆，这些直杆最高可达 25 米，从直杆上延伸出的钢缆又与圆形桥面上的围栏相连，以维持整座桥的支撑结构。

夜晚时分，桥的一端会通过装置旋转与河岸脱离，以此来保证大型的货船能够在夜间正常地出入海港。

阿瑟看起来也很喜欢这座桥，他介绍说：“艺术家本人希望人们把这座桥当作公共广场，他没有设计很长的笔直的码头，而是一个弯曲的桥梁，可以降低速度、转移焦点。他也没有设计一个能最快跨越运河的通道，而是通过小小变化让人们看到城市和公共空间在重新对话。”

埃利亚松设计的这座桥是一件出色的艺术品。

和我们一路看到的建筑一样，丹麦人擅长把艺术融入建筑之中，并让它们发挥实际作用——我们必须承认，丹麦人在现代建筑设计上有着惊人的能量。

与此同时，他们又是谦虚的。阿瑟认为：“并非由于我们比其他人更聪明，而是我们看到了，并且擅长总结别人的错误。”

我把这些建筑放在最开始，为的是呈现出在城市当中旅行的更多可能性。虽然当晚我也去了当地人最喜欢的餐厅之一，隔天又参观了各种设计师的商店，还有那让人震撼的路易斯安那现代艺术博物馆——所有这些体验同样值得分享。

在哥本哈根晴朗的日子里，我除了被太阳晒伤，一切都好。

然而，有一个重要消息要宣布：只过了几十个小时，我就被北欧的太阳晒黑了。

该地区纬度高，当时只是初夏，阳光却很强烈。但对北欧人来说，阳光是最珍贵的。到哥本哈根的第一个下午，正是一天当中最热的时候，我路过一个餐厅密集的区域，看到无数穿着短裤、戴着墨镜的人坐在露天餐桌旁，他们手里的啤酒瓶纷纷反射着阳光。这真是一幅充满朝气又壮观的景象！

后来我才知道这一带是肉城。

肉城曾经是屠宰场集中加工肉类的区域，如今这个效仿纽约肉城而来的名字，因为新兴的画廊、艺术咖啡馆、夜总会和小型创意工作室的大量涌入而“名存实亡”。

我站在白色和蓝色相间的建筑前拍照，外面停着我上次说过的巨大的自行车。这座标记为“10号空间”的建筑，我因为没有做好充足的功课而没有进去——我很久之后才得知这是宜家的“未来美好生活实验室”。

静坐

作为一个由鱼市场改造而成的实体空间，“10 号空间”更像是谷歌的 Google X（Google X 是谷歌公司最神秘的一个部门，位于美国旧金山一个秘密的地方。该实验室的机密程度堪比美国中央情报局，仅少数几位谷歌高层掌握情况，在其中工作的人，都是谷歌从其他高科技公司、各大高校和科研院挖过来的顶级专家。该实验室在联合创始人布林的带领下开发过谷歌眼镜和无人驾驶汽车等项目）。宜家鼓励进驻的团队在该空间中实验科技创新产品，用科技改善未来生活。

遗憾的是我没有进去，就不在此假装自己知道得很多了。

虹伊带我去了附近的中餐厅，那顿午饭是我在长达 12 天的北欧旅行中吃的唯一一次中餐，其余时间我都是在和北欧料理打交道。

虹伊为当地旅游局工作，对这座城市了如指掌。我第一次知道“Hygge”这个词，就是她提到的。

“夏天白昼这么宝贵，那么对丹麦人来说，漫长的冬天应该怎么度过呢？”

“我们就点蜡烛在家里 Hygge 呀，H-y-g-g-e！”

我由衷地希望大家高度重视这个词，就像当年你们重视高考必考知识点一样。早在 2016 年年底，“Hygge”就入选了《牛津词典》年度词汇。当下，国内很多生活方式、媒体品牌都对这个代表了丹麦人生活哲学的单词推崇至极。根据我的观察，它将很快超越“性冷淡”，成为（在国内）代表北欧生活方式的一个热门词语。

“Hygge”源自丹麦古诺尔斯语，翻译过来就是指“一种惬意、舒适、愉悦的生活方式，能让人产生满足感或幸福感”。我认为中文语境下最接近的词应该是“巴适”，后者也是一个很难进行简单定义的词。

而在很久以前，“因过竹院逢僧话，又得浮生半日闲”也是中国人崇尚的生活。

哥本哈根长期霸占全球宜居城市的榜单，或许就是由这个词代表的核心价值带来的。正因为它是丹麦人生活的核心，所以你想体会这个词的真正要义，就要尽可能地融入当地人的生活，而不是道听途说。

那么，获得这样的“生活”应该从哪里开始呢？

首要的任务是“改变居住环境”，让家居设计在整体上给人慰藉感和归属感。用各种蜡烛、灯带来温暖的光线，在房间中安放柔软的沙发和地毯，摆放生长茂盛的绿色植物，让豆蔻面包的香味充满整座房子，并拍照片发到照片墙（Instagram）上——这是丹麦人天生拥有的才能。

北欧有那么多家具品牌，难道北欧人真的那么爱家居吗？我亲眼所见，在北欧任何一个国家，只要是卖杂志的地方，就会被家居杂志霸占。大小城市更是遍布着数不清的家具商店，当地人的确愿意为“家”花费更多的时间。

当然，他们不得不花费更多的时间，因为北欧冬天相对比较漫长，有的地区甚至有极夜，人们必须待在家里。

所以你就不难理解，为什么我会和虹伊在家居品牌 HAY 的总店里逛了几乎一整个上午。

这个品牌创立于 2002 年，既时髦又实用，受到全世界人们的欢迎，更是国内一些厂家抄袭的新目标。

HAY 的总店位于哥本哈根著名的步行街（Stroget），总共 3 层，每一个空间都被布置得清爽、温暖。诚实地说，我当时就想拥有这样的家——没有一个自然主义者不希望住在那些被木头材质的家具或是绿色的植物包围的家中。除了最新一季的家具，甚至连窗台上挂着的类似风筝的北欧风工艺品，他们也都是就地取材制成的，非常漂亮。

我模仿着主人的语气，在心中默念：欢迎来我家，欢迎摸我家的家具，参观我家的植物……（我要重点说明，如果任何人需要获得一个迷人的空间，一定不能忽略植物。国内的社交网络上有许多家居博主，都深得北欧风格的精髓，用鹤望兰、琴叶榕、龟背竹、橡皮树等“网红植物”装点空间）。

离 HAY 不远的地方是建立于 1925 年的伊隆斯・博利赫斯（Illums Bolighus）百货，它是丹麦宫廷的指定供应商，与哥本哈根皇家（Royal Copenhagen）及乔治・杰森（Georg Jensen）组成大型店铺群，被称为全世界最棒的购买家居饰品的地方，产品线囊括了家具、家电、家纺、灯具以及服装等各个方面。

无论是设计、选材，还是工艺，这里的每一件商品都代表着丹麦设计师的最高水平——享誉世界的独特审美和简约风格。

这里所有的一切都是构成“Hygge”生活的重要元素，人们专心选购物品，正像在专心地构建自己的人生。

我敢保证，这些是你们很少在国内见到的百货，所以，你们应该趁它变成国内游客的集散地之前赶来。不过我要提醒的是，你要谨慎前往。因为你可能会非常懊恼，很多东西都不能作为旅游纪念品带回家里。

我们继续走着，路过很多街道，上面几乎都贴着《加勒比海盗》

系列电影的海报。相比国内，北欧人显然对“海盗”文化更加熟悉——斯堪的纳维亚自古就是海盗兴盛的地区。

但让我真正感到自己来到了北欧的，其实是前一天享用的北欧料理。

那家名为 Höst 的餐厅离城中最大的公园不远，一开始我并没有找到，误入了公园里的西班牙餐厅。我问店员 Höst 餐厅在哪里，店员想了想，决定亲自把我带到目的地，这让我非常感激——虽然我已经迟到了半个小时。

哥本哈根很多餐厅都有些让外地人不太习惯的规定，例如，一旦你订了座，也需要预定用餐时间段，这样不管你点多少菜，都要在规定的时间内用餐，否则服务员会来提醒你时间到了。

“Höst”就是“收获”的意思，是由丹麦的诺姆建筑师工作室和品牌设计公司曼纽共同打造的，曾经荣获“2013 年世界最佳设计餐厅奖”，而且是第一家获得该殊荣的丹麦餐厅。

这家餐厅融合乡村和现代风格，随处可见质朴的木头家具、工业设计感很强的吊灯，整个餐厅以传统的斯堪的纳维亚风格为主（据说窗户的玻璃是从一家旧医院里运来的）。最让人愉快的是，餐厅内部布满了绿色植物，这些生机勃勃的植物让我感觉自己像是用餐的“神仙”。

Höst 主打新北欧料理，采用当地食材，并格外注重食材的新鲜度，而几乎所有原料都来自该餐厅自己的农场。我还记得，当天的晚餐只提供三类菜单，排除掉那种需要烤制长达半个小时的主菜后（因为我迟到了，需要点很容易就能上的菜），我们只剩下一类可选。

得知我不喜欢含酒精的饮料，服务员向我推荐自制的佐餐果蔬汁。果蔬汁一共 3 瓶，被装入特制的玻璃瓶里，每瓶的口味都不一样，是为搭配当晚的每道菜而制的，与佐餐酒的功能类似。

开胃菜是盛在贝壳之中的乳酪——第一道菜就是甜点，实在太让我惊讶了。

说个题外话，我认为丹麦人对用餐环境非常注重，所以即使不用太多的拍摄技巧，也能获得诱人的食物照片。

开胃沙拉用的是农场种的各种蔬菜，一些看似鱼子的食材，我没有问清楚，希望不是青蛙的卵（当然不是）。

站起来拍食物，这种事情是北欧人发明的，更是他们的喜好。

第三道菜是一种蔬菜，被油炸过的动物血覆盖。

主菜是牛肉，因为太美味了，我甚至忘了拍照记录，真是莫大的遗憾。

第一道餐后甜点是由松脆的糖果碎末做成的，碎末下方搭配爽口的冰激凌。

第二道餐后甜点则充满了奇思妙想，仿佛是植物和奶酪在升空的烟花当中爆炸后形成的。

我对当晚的食物非常满意，很重要的原因是，它们不同于任何一种菜系，你永远不知道下一道被端上来的菜是什么样的。

北欧料理注重本土、时令、环保的元素，也注重与自然、社区、人文之间的密切关系——食物也体现哥本哈根的生活方式。实际上，“健康的享乐主义”也是一种 Hygge，只有去了解 Hygge，才能了解丹麦这个国家的文化。

晚餐之后，天色还没有暗下来。我喝着名为太阳可乐的饮料，感觉自己正在享受惬意的时光。

好了，在看上去平静的生活方式之外，我应该和你们说一说那个只有 20 秒的关于哥本哈根市民的惊险故事。

有一天我去吃午饭，餐厅里有个中年男人在吃饭时突然噎住了，他站起来很艰难地呼吸着，满脸通红，很可怕。我震惊得动弹不得，旁边那桌看起来 10 岁左右的小孩却跳起来问他：“你没事吧？”

中年人只能摆摆手，小孩便冲向收银台求助。在同一时间内，另外两桌的人都站起来帮忙，另一个中年男人扔掉手里的餐具，从后面抱住他的肚子往上提，于是症状便得到了缓解。

20秒钟之内发生的事，现在觉得有半个小时那么长，很不真实，像那些电视台策划的街头实验。

我为错愕的自己感到羞愧，并羡慕20秒之内做出反应的所有人：那个丢下朋友瞬间冲出去的小孩，那个应急救助的男人，那个去找水的女人，那个从后厨跑出来确认他的情况的服务员——他们让人相信这是一个安全、美妙的社会。我们必须承认，这个社会之所以高度发达，不只因为他们拥有舒适安逸的生活方式，还因为他们掌握了急救技能，并勇于帮助别人。

我也建议各位跟我一起学习"海姆里克腹部冲击法"，也称为"海氏手技"，了解如何急救被食物噎住的人。

如果你们问丹麦最棒的地方是什么，我会告诉你是路易斯安那现代艺术博物馆。

作为世界上最著名的现代艺术博物馆之一，路易斯安那位于弗雷登斯堡以北35公里的厄勒海峡岸上，需要乘坐火车前往。

我是第一个上午乘最早一趟火车去的。

火车沿着海岸行驶，我看到了规模庞大的海上风车（那便是我在飞机上看到的机械矩阵，它们正源源不断地向这个国家输送清洁能源）。最终，我们进入了艺术的殿堂。

这个博物馆自1958年建成至今，已被扩建了7次，现在博物馆的建筑保留了原先的乡村风格，以别墅为博物馆的主体。

亨利·摩尔的作品是路易斯安那现代艺术博物馆的视觉符号，除此之外，还有包括考尔德、阿尔普、杜布菲等许多西方现代雕塑大师的大型作品，它们在海天映衬之下显得格外壮美。博物馆内部陈列的藏品，几乎囊括了20世纪50年代以来西方最著名的现代艺术家的作品，诸如毕加索、培根、贾科梅蒂、劳申伯、利希腾斯坦因、安迪·沃霍尔……

博物馆的两侧加以延伸，犹如张开的双臂，环抱住一个巨大的花园。花园里种满了鲜花和树，翠绿的草地朝着大海延伸出去。

我穿过展厅，发现这座博物馆正对着大海，海上有几艘船只。

我在草地上坐下来，面向大海，全身被风吹拂，内心充满了争斗：应该把这段时间留给眼前的海，还是馆中那些伟大的艺术品？

你们是知道我的性格的——匆匆看过了展览，而把更多的时间留给了海。

北欧·不相信童话的人，无法抵达这座城市

我还在哥本哈根开往欧登塞的火车上，就从电话中得知，有两位同事已经到巴厘岛了。

这绝对是一个振奋人心的消息，因为我总是希望他们把握住出行的机会。巴厘岛又是个很好的去处，一个并非遥不可及的世外桃源。此前一个月，我和两位同事去吃早午餐，我问："你们梦想中的旅行目的地是哪儿？"其中一位回答："巴厘岛。"

总算梦想成真了。

不过，根据以往的经验，梦想中的目的地通常让我失望，而那些意外到达的城市反而更容易让我收获惊喜——欧登塞就是这样的城市。在很多人心里，诞生了安徒生的欧登塞是世界上唯一算得上"童话镇"的地方。

从火车站走出来，立刻感受到这座小城刚下过雨，很凉爽。有人穿着很薄的羽绒服，也有人穿着运动短裤。那个穿运动短裤的人从我身边跑过，在红绿灯下面停了一会儿。事实上，路上根本没有车和行人，但他严格自律，等了足足 10 秒钟。我很快发现那个路口的地面上有一些画上去的脚印，数了数，有 20 多个。后来，我在该城市的另外一些道路上也发现了一些画上去的脚印。

总之，这就是我来到欧登塞的第一印象：夏天海岛的阴冷气候、飞行的海鸟和那些脚印带来的诡异氛围。

下午 5 点钟，我办好酒店的入住手续后就倒头大睡——行程非常密集，白天很少有休息的时候，我总是抓住一切时间睡觉。在这里，我想给你们提个建议：无论到什么地方旅行，都要给自己预留午休的时间，旅行和休假不是一回事，它是纯粹的体力活儿。

当地旅游局的米南过来找我吃晚饭，她刚结束了上一个任务，那是一个英国媒体的来访活动。在此之前，国内一些旅行类综艺节目也曾经到欧登塞拍摄，都是由她负责接待的。她说："易烊千玺也来过哦。"但她从前并不知道易烊千玺是谁，直到她的微博账号下面突然出现了上千条关于易烊千玺的留言，她才发现。

她是当地旅游局中唯一的中国人，她丈夫是丹麦人。"我和我先生在海边买了一栋房子，不是很大，只有 300 平方米。"这是她向我分享的第一条个人信息。

天慢慢暗下来，树上亮起了串灯。路上行人很少，我时刻担心会下雨，直到我看到广场上正在举办户外音乐会，这种担忧才烟消云散——我总是相信，人多的地方是不会下雨的。

我们决定坐下来，看完一个节目再走。

“我们去一家西班牙餐厅吃饭吧。”米南在离开音乐会的时候说。她个子很高，1.7米，和当地的姑娘差不多高。她走得很慢，看上去对路程和耗时了如指掌。

也许应该责备我当时非得坐下来听音乐会，因为那家西班牙餐厅在我们到达前10分钟就打烊了。我们去了一家我如今已记不起来名字的意大利餐厅，室内空无一人，我们便到室外用餐，服务员为我们点燃了取暖的炉子。

在这个寒冷的夏夜，我们在历史悠久的小广场边谈论着国内的互联网环境和运营社交网络的方法，有那么一瞬间，我感觉自己身处北京三里屯，而不是这个充满童话故事的北欧小城。似乎除了在国内，我从来没听人说起过这些话题。

餐桌上有一种用接骨木花制成的饮料，我因为担心当中有魔法的成分，喝得很慢。等我喝得差不多的时候，天已经完全黑了，我们就结束了晚餐，约好第二天在城里游览。

清晨的欧登塞有着熹微的阳光，树林的边缘被染成嫩黄色，像一部童话作品的封面。

我们在去安徒生博物馆的路上再次路过了昨晚开音乐会的地方，舞台已经被拆了，咖啡馆的工作人员把桌椅摆在广场上，当地人正在享用早餐。

安徒生博物馆是在安徒生的故居上建起来的。安徒生的父亲是鞋匠，母亲是用人。他早年在慈善学校读过书，当过学徒工。受父亲和

新馆要开放了，日本设计师会设计出更多的空地和绿树。

民间口头文学的影响，他从小热爱文学，为追求艺术，14岁时便只身去往首都哥本哈根。

安徒生博物馆中有一个陈列安徒生作品的图书馆，横跨四壁的大书橱里，放满了被翻译成150种语言的安徒生童话作品，场面激动人心。这些作品当中有我们耳熟能详的《卖火柴的小女孩》《海的女儿》《丑小鸭》《皇帝的新装》……凭借一人之力，安徒生将乐观、善良的品质注入了全世界儿童的童年，这些童话一方面以真挚的笔触热烈歌颂劳动人民，同情不幸的穷人，赞美他们的善良、纯洁等高尚品质；另一方面又不遗余力地批判社会罪恶。

事实上，安徒生本人十分自卑，且一生未婚。他不愿意去接触外人，认为自己不仅相貌丑，还穷，将自己毕生的时间都耗费在了童话上。在临终前不久，安徒生曾对一位年轻作家说：“我为自己的童话付出了巨大的甚至可以说是不可估量的代价。为了童话，我拒绝了自己的幸福，并且错过了这样的一段时间。那时，尽管想象是怎样有力、如何光辉，它还是应该让位给现实的。”

博物馆详细呈现了这位文学巨匠的一生，其中甚至包括了他的自拍——没有人想到，他其实是个喜欢拍照的人；还有他的剪纸作品——他还是一位剪纸大师，这让人意想不到。

“你看到那根绳子了吗？”米南指着展厅当中一根很长的绳子，“那是他逃生用的。他在旅行时一直带着绳子，以防哪一天房子失火，他可以凭借这根绳子逃到房子外面。”

其间，有日本人进了博物馆，有人专门用日文给他们讲解。我很快就发现，他们实际上是来考察博物馆的新建项目的。

安徒生博物馆是 1905 年为了纪念童话作家安徒生诞辰 100 周年而建的。到 2020 年的时候，由日本建筑师隈研吾设计的新馆将会建成。

隈研吾与科涅勒斯 + 沃格（Cornelius+Vöge）建筑事务所合作开发的方案，犹如一座巨大的“童话迷宫”，击败了著名的 BIG、斯诺赫塔建筑事务所和巴罗兹・威伊卡的方案。我看到新馆的建筑模型时，就感觉到这将是一件让人震惊的作品。

9000 平方米的规划项目实际上构成了欧登塞正在进行的重建计划的一部分，场地被郁郁葱葱的绿色植物覆盖，一系列弯曲的展馆坐落于此，它们的形状模仿了灌木篱墙迷宫，给人深陷其中的感觉。建筑本身有5600平方米的面积，其中2/3在地下，打造了一系列受童话故事启发的下沉式空间。

欧登塞市长兼竞赛评委会主席安可·博耶对这个新方案的评价是："事实上，隈研吾先生来自日本，他只是展示了你出门在外时找到家的感觉。"

旧馆当中有一个类似教堂穹顶的部分将被保留下来，这里是整座建筑中最明亮的地方，穹顶四周画满了壁画，这些壁画分别描绘了安徒生从小时候前往哥本哈根到后来声名大噪、荣归故里的故事。

我站在最后一幅画前，激动得说不出话——安徒生回到家乡，欧登塞人听说那个游历一生、把故事带给自己和自己的孩子，甚至带给全世界的人，终于返乡了，便从四面八方赶来欢迎他，灯火照亮了夜空。

你们知道，不是所有伟人都有机会返回家乡的，更不是所有人返回家乡的时候都能有这种自己被全世界接纳的感觉（想想凡·高，他的故事则让人遗憾、难过）。

我向米南表达了自己对新博物馆的期待，然后我们就离开了。

我们穿越城市中央的广场，那里正在修建轻轨。"再小的城市，也是要发展的。"我心想。但是轻轨还要继续修5年，这让我大吃一惊。我脱口而出："应该让中国人来修。"真是不敢相信，同样一句话我在哥本哈根的时候也说过。米南说："我明白你的意思，但我们必须为当地人提供就业机会。"

她答应带我去一家名叫"缇娜·K.家居"的丹麦家具店，这是缇娜·科德森和丈夫杰科布·福桑共同创办的品牌。据说缇娜是一个热

欧登塞的小卖部

爱旅行的人，而且非常爱自己的丈夫。她在旅行当中收集家具、纺织品、小配饰，原先只是为了给丈夫打造一个温馨的家，但是很快，这些从旅行当中获得的灵感促使她创办了自己的品牌。

这是又一个斯堪的纳维亚风格的品牌，每一件单品都会呈现出原始的、自然的感觉，设计都尽可能地保留了材料的天然状态，几乎没有刻意地去修饰和雕琢。那些喜欢北欧家居产品的人来到此地，看到这些可能会尖叫。

很多产品采用了设计师最喜欢的异域元素，因而看上去不仅具有实用价值，还具有很高的艺术价值。

我们从“缇娜·K.家居”离开之后，路过一些家具店、植物商店，这些店铺再次印证了丹麦人崇尚的生活方式——Hygge，简直无处不在。

米南专程带我路过一家老杂货店，据说已经有上百年的历史。

我走进这家藏在巷子里的商店，立刻就相信她说的都是实话。趁她和商店主人安妮特聊天的时候（她忍不住买了一件手工围裙），我自己沿着吱呀作响的木梯子来到二楼，看到了那些古老的玩具、玻璃器皿和木质抽屉。

我兴致勃勃地拍着照片，很快看到一个小洋娃娃躲在柜子的最下方，把我吓出了一身冷汗。

你知道，很多人都很害怕那些人形娃娃。我虽然不在其列，但当我想到自己身处欧登塞，一个被童话滋养的地方，就担心那些娃娃可能会开口说话。

我举着手机，慌张地跑下了楼。

这时，一名邮差走进店里，把一个包裹递给了安妮特。他看上去大概 60 岁了，和安妮特的年龄相仿。根据这家杂货店的历史，我推测他们可能年轻的时候就认识。他的胡子已经变白，穿着深色的有点儿像军装的制服，背着邮差包，像是从童话里走出来的人。

安妮特谢过邮差，然后用小铲子从收银台边上的糖罐里娴熟地铲出了两颗糖，递到邮差手里。

那真是个动人的时刻！我们的心情立刻变得舒畅。

杂货店的老板给前来送信的老邮差奖励了两颗糖，然后她自己高兴地看向了我。

在出发去吃午饭前（用餐的地方是米南的“秘密餐厅”），米南建议从教堂后面的花园绕过去。我们在圣凯努特教堂后面的花园里意外碰见了她的另一个朋友本特，这位头发花白的老太太正在和其他志愿者一起种植草药。

我问：“你们为什么要种植草药？”

老太太说：“事情是这样的，100多年前，牧师在这里种了很多草药，后来它们都消失了。我们根据文献，从欧洲各地收集来那些草药的种子，希望能恢复牧师的药园原貌。”她还激动地指着一块被大树覆盖的区域说，“我们很快就会迎来‘哈利·波特’艺术节，我们（这些志愿者）还会打扮成巫师，在这儿提供黑暗饮料。”

“黑暗饮料？！”

“哦，其实是一些经过特别调配的蔬菜汁。”

……

我们的午餐是在一家让人过目不忘的咖啡馆里解决的——当然，这也是我们都希望拥有的那种咖啡馆。

这家名为弗勒里的咖啡馆是最有资格登上生活方式杂志的理想咖啡馆，女主人把整个空间布置得温馨动人。货架上摆满世界各地的调味品、零食和杂志，并种上了令人赏心悦目的植物。鹿角灯和水晶吊灯的灯光透过叶片照射下来，使一些小角落也显得非常明亮。

北欧人非常擅长用大叶植物装点空间，这些植物和那些木质桌椅搭配在一起，共同营造出温馨的氛围。

也许你会发现，北欧人的家里并非只采用黑、白、灰这些常见的“性冷淡”色彩，这一点在我之后参观的地方中会越来越多地显现出来（我非常期待向人们介绍我在斯德哥尔摩的所见所闻，那里的家具商店色彩斑斓，令人叹为观止）。

眼下，弗勒里的女主人为我们准备的午餐就已经颠覆了大部分人的想象力。我们选择了院子里的座位坐下来，在太阳的照耀下，食物的色彩像是人为地调高了饱和度，并且一切食物都忠于原味，没有一点儿油腥——这可能就是院子里的猫对桌上的食物无动于衷的原因。她还在水里放了一种蔬菜切片，彻底改变了水的气味，喝起来却和普通的水没有任何太大区别。

但我不得不承认，这顿午餐我嚼得很累。

此后，我得知米南也想开一家自己的咖啡馆，在里面卖一些杂货，她也想“一点一点地”把这些东西从世界各地淘回来——这绝对不是很大的生意，一定要和她自己的生活节奏保持平衡。后来，她想起还有一家甜品店没有去。她说：“欧登塞是个小城市，我想带你多看看这里的人是如何生活的。”

然后，我们来到了这家甜品店。

米南说：“这里有整个欧登塞最好的芝士蛋糕。”她想请我吃一块蛋糕，但我婉拒了。

被我忘了名字的女主人每隔一段时间就会把自己的甜品店重新布置一番。她说：“因为我们是小城市，所以很多变化都发生在室内……哦，请稍等……”突然，她走向后厨，出来的时候手里捧着一堆碎面包，然后撒在地上。

我这才发现，那里有一只鸽子，它理智而悠闲地走来走去，把那些碎面包一点点啄起来吃完。

“它每天都会准时过来。”女主人介绍说，“上午9点半，下午2点，非常准时……你看，已经2点了。”

已经2点了！在欧登塞的行程只有不到24小时，得知我下午就要离开欧登塞前往瑞典，午饭过后，米南就建议我回酒店收拾行李，赶最近一趟火车回哥本哈根，再转车前往瑞典的马尔默。

我们在“最后时刻”路过了一座红砖建筑。

“你看这些脚印……它们为什么会出现在这儿呢？我是说，我在欧登塞的其他地方也见到过。”我低头看路面，忽然看到那些神秘的脚印再次出现在地面上。再往前走，脚印就突然消失了。

米南终于向我介绍了这座名为格拉布罗德的建筑。从前，这里有一座教堂、一家医院及一

欧登塞当地咖啡馆

家精神病院，现在这里是一家公寓，归政府管理。安徒生的祖父曾被当作疯子送到了这里，他的母亲也因病在这里去世。安徒生曾从住在这里的老人们口中听来许多故事，这是一个既使他着迷又令他害怕的地方。

“这些脚印其实是从安徒生的故居延伸出来的，一直延伸到海边。它们就是安徒生的脚印。他个子很高，鞋子是47码的，所以你看这些脚印很大。”

为了追求自己的人生理想，14岁的安徒生从欧登塞那栋低矮的老房子里走了出来。他路过格拉布罗德时，探望了自己的母亲。他在此地短暂地停留了一会儿，然后快速走向了码头……

北欧 · 是什么
让你重新回到一座城市

我并不指望任何人重复我的旅程——我不是那种写旅行攻略的人，毕竟每个人的旅行方式各不相同——只想尽可能地在考察北欧设计产业的行程中提供有专题价值的信息。

开始讲述在瑞典头两天的行程前，我想问个问题：对于我们到访过的很多城市，我们是不太可能去第二次的，那么，是什么样的理由让你重新回到一座曾经去过的城市呢？

这个问题是我在火车开过厄勒海峡大桥时偶然想到的。

大桥建成之后，乘火车从丹麦去瑞典只需要大约 10 分钟。这样短暂的路程，足以让这两个隔海相望的北欧国家“接壤”。

坐在我旁边的尼尔经常在这座大桥上往返。他是一个有意思的人，我认识他也纯属偶然。

如果你到过哥本哈根中央车站，就会知道这里有一个“24 号站台”，我几次乘车都找不到这个站台的位置（却总是莫名其妙地上对了车）。我甚至怀疑，这是一个类似“九又四分之三站台”那样的存在。那天，我拿着去往瑞典的车票，在车站里着急地寻找站台，忽然被一个穿着肥大的夹克、戴着棒球帽、浑身散发着大麻味儿的小伙子叫住了：“我能看看你的车票吗？你去哪儿？”

“我去马尔默。”我很不喜欢他，正要逃走。

“那你应该在这儿等着。我看看你的票……”他凑过来看我的票，“24 号站台？我从来没见过 24 号站台。不过我们应该在这儿等车，相信我，我也去马尔默。”

比起相信一个不存在的站台，我很轻易地相信了他。

他就是尼尔。后来的事实证明，这趟车的确是开往马尔默的，他没有骗我。我曾经听说瑞典人并不喜欢和陌生人社交，实际上，包括我后来几次获得帮助的遭遇在内，都证明这个说法言过其实。至少在夏天，北欧人都很热情开放。

他领我到可以停放自行车的宽大车厢坐下，非常主动地向我展示自己女儿的照片。我出于礼貌，连忙说他的女儿可爱。“她是很可爱！”他说，“我每天去丹麦一家银行上班，上班前会先把她送去学校。晚上回到瑞典，我把她接回家，再去夜店上班。我还是一个说唱歌手——这大概解释了我为什么会穿着肥大的夹克、戴着棒球帽……”

他把耳机挂到我耳边，强行让我听他的作品。这反而增进了我对他的信任感，我立刻恭维道：“你应该到中国巡演。”他立刻拒绝了我这个提议，因为他在新闻上看到我们的食物好像不安全。

“我吃‘药鸡’。”他表情平淡地说，“瑞典的鸡肉标准非常严格，甚至高于欧盟标准，鸡肉什么毛病都没有，所以瑞典的鸡肉被称为'药鸡'。"

他看了一眼短信，临时决定不去酒吧上班了，而是去教训一下他那个好朋友的父亲。他那个好朋友其实是个姑娘，她有一个心上人，但她的父亲不喜欢，于是把她赶出了家门。尼尔握紧了拳头，表达了自己想去立刻教训这位父亲的决心："这里是瑞典，我不能容忍自己的朋友因为喜欢上另一个人而被父母赶出家门。"他怒上眉头，势在必行。下车前，他甚至用一种大义凛然的语气向我告别："再见，我的朋友。如果你的父母不允许你做你想做的事或成为你想成为的人，那就离开他们。"

尼尔今年 24 岁，银行职员、说唱歌手，妻子离他而去，他和女儿生活在马尔默。

马尔默是瑞典第三大城市，也是海军基地和交通枢纽。据说马尔默是瑞典犯罪率最高的城市，也是瑞典接收难民最多的城市。这里的人口构成非常丰富，接近 30% 的城市人口出生在国外（我所住酒店的前台分别是一个来自智利的小伙子和一个来自乌克兰的姑娘）。马尔默也是整个北欧人口平均年龄最小的地方——35 岁，是世界上人口最年轻的城市之一。

晚上，马尔默旅游局的官员杰西卡和我约在一家名为厨房 & 餐桌的餐厅吃饭，那是当地海拔最高的餐厅。她很骄傲地提醒我，这是全城视野最棒的地方，很难订到座位。我们乘坐电梯时，两个商人也随我们一起上去，其中一个人说："我的女儿想要一匹马，但她已经有

马尔默的新式商务区，市民开玩笑说，这里要变成北欧的曼哈顿。

一匹了。”

你们可以说我不通人情，但我的确不太喜欢这样的晚餐。和陌生人单独用餐是一件压力很大的事，更何况对方是官员。你不得不表现得精力旺盛（虽然你已经累了一整天），赞扬对方（30 多岁的女性，而且最爱的电视剧是《唐顿庄园》）的梦想（就是成为一座城堡里的公主），惊呼窗外的景色举世无双（当时的天气是大雾），还不能狼吞虎咽，要尽量体面。

我竭尽所能地扮演好“客人”的角色，这让她非常满意。隔天她就写了邮件，向中国区负责安排此次北欧之行的机构表达了对我的赞赏。

邮件是发给一个名叫恬恬的姑娘的，她也抵达了马尔默，我请求她第二天陪我去探访一位设计师。

事实证明，幸好有她同行，否则我将独自在尴尬的气氛中崩溃。那位设计师出人意料地批评了宜家对本国设计师的“损耗”，坚决站在与该品牌对立的阵营。我们原本指望她说出具体的原因，却听到了一堆无关紧要的话。最后恬恬问她：“为什么你设计家具，办公室里却不用你设计的椅子？”她说：“哦，这真是个好问题……对，值得考虑……”

我们都很绝望，以至于看到琳达突然出现在门口，我们完全没有掩饰那种初次见面或是被拯救的兴奋感。

琳达是全瑞典长得最像罗宾·怀特的人，后者是《纸牌屋》中冷艳的女主角。她们都有一头金色的短发，个子很高，但琳达看上去更加年轻，也更平易近人。她是马尔默手工艺者协会的负责人之一，杰西卡说她是“最了解马尔默设计潮流的人”，因而邀请她担任我的向导。

“我本来想早点儿来——不，其实我就是早到了。不好意思，打断了你们！而且我骑着自行车，你们没有自行车，太抱歉了。你有自行车吗……如果没有，我们就步行。你看看，我们应该从什么地方开始呢？”恬恬有事告辞之后，琳达滔滔不绝地说了起来。

“哪里都行。”我说。

接下来我们去的地方足以证明，在一座小城市里，你也能看到世界级的艺术展、设计商店和品牌。

马尔默现代艺术博物馆

这座博物馆是由旧电厂改造而成的。作为斯德哥尔摩现代艺术博物馆的分馆，这座博物馆面积不大，只有2600多平方米。它面积虽然不大，但价值非常高，除了不断更新的各种展览外，博物馆中还珍藏着自1900年以来的各种著名的现代艺术作品，包括毕加索、杜尚、达利、马蒂斯、康定斯基等一众大师的作品。

我还留意到，博物馆的墙上和导览册上同时用英语、瑞典语、阿拉伯语写着介绍作品的文字。为我导览的安娜（她不是本地人，她的老家在爱尔兰）说，这是因为马尔默是瑞典最大的叙利亚难民接收地。

整座博物馆中，最让我印象深刻的场地是为青少年及儿童准备的“工作室”，所有前来参观的孩子都可以在这儿参与博物馆定期举办的艺术培训项目。

应该承认，瑞典人对后代的艺术培训影响深远。为什么北欧国家的年轻设计师总会为我们带来非常受欢迎的设计作品？这或许是因为他们从小就拥有进行艺术创造的本领。

这个结论还在当地设计学院的毕业展上得到了印证。正因为学生们来自世界各地，所以即使在马尔默这样的小城市里，你也能看到有国际视野的设计作品。

该展一个很重要的主题是平面设计，因而有很多书籍和杂志方面的设计作品。

“你们还设计杂志呢？”我赞叹地问道。

“我们喜欢被设计过的一切产品。”其中一个作者回复道。

马纳服装店

这家服装店的创始人阿德里安和麦克斯是好朋友，两个拥有共同兴趣的年轻人，买来很古老的缝纫工具，纯手工制作出他们心目中最好的牛仔裤。

瑞典有很多年轻人都在经营自己的品牌，他们往往没有把公司开遍全世界的野心——那是H&M或者宜家想去做的事——而只是想将自己对好产品、好生活的理念融入自己的品牌和店铺当中。

我们冒着雨走进店里，只有阿德里安一个人在看店。我告诉他，因为我的旅途太长，根本不打算在途中购买任何衣物，但是，我不能放过设计师、裁缝为我亲手挑一条牛仔裤的机会，所以我要买一条牛仔裤。他非常高兴，不仅亲自为我挑选，还帮我调整裤脚——我从时尚杂志离职后，就再也没有过别人帮我调整牛仔裤脚的经历了——最后来到位于店铺二楼的工作室，帮我改裤子。

两个合伙人没有扩张的野心（也许会在香港开一家，但是不确定）。我应该不会特地为了买一条牛仔裤而回马尔默。这让我突然想到了那个问题，于是我就对琳达说："我们有可能会到访很多城市，但很多城市我们这辈子不太可能会去第二次，那么，你觉得什么样的理由会让我重新回到马尔默呢？"

"你得给我时间去考虑。"她认真地说。

杰西卡为我安排了一家马尔默最好的餐厅——西街餐厅。琳达要参加一个手工艺者协会的例会，没有跟我一同前往，因而我被安排在吧台区，这里更适合一个人用餐。

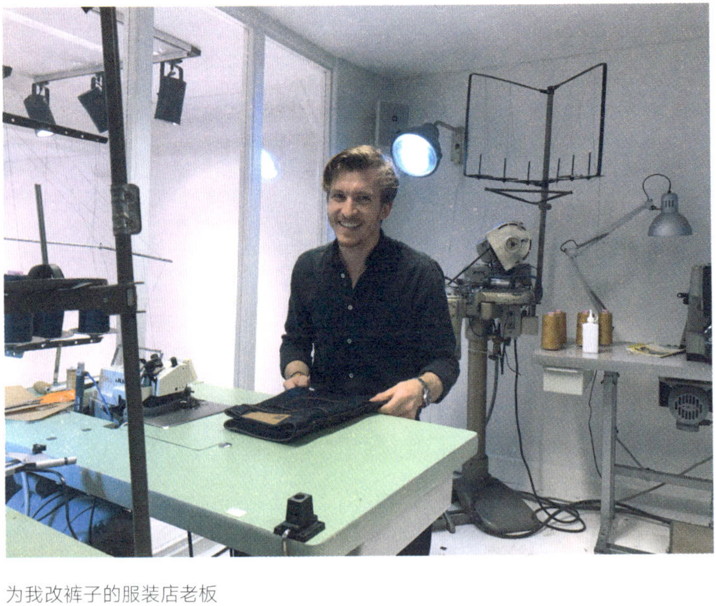

为我改裤子的服装店老板

厨师在工作台上熟练地工作着，反复擦拭着桌面，确保桌面清洁、整齐。他们就像长在北欧的日本人。我发现该地区料理的特点就是：用了很多材料，但我看不出原材料是什么，看上去很健康，觉得自己可以多活很多年。食物好吃，但是通常吃不饱。

看看我都吃了什么：餐前面包配黄油；前菜是生牛肉配新鲜蔬菜，以及奶酪、青豆和树叶；主菜是鳕鱼、油炸绿叶配酱汁；最后的甜点是草莓冰激凌配新鲜草莓。所有食材都很新鲜，都遵从“从农场直接到餐桌”的北欧理念。

这家餐厅会是我优先推荐给所有朋友的餐厅，不仅因为里面的食物新鲜、精致，还因为它有一种家常的氛围，和那些大名鼎鼎的米其林餐厅并不相同。事实上，后来我在北欧著名的米其林餐厅用餐，更加觉得西街餐厅是那种很容易被人忽略、远远被低估的餐厅。

第二天，我们去了很多家具店。

瑞典家具琳琅满目，家具店的数量多得让人费解。

“难道家具是快消品吗？”我阴阳怪气地感叹。

等我们经过一个带地下室的家具店时，琳达特地带我到地下一层去看看。这里有很多桌子，她指着中央那张可以坐 8 个人的桌子，告诉我：“昨天晚上我和手工艺者协会的同事开了一个短会，我和他们说到了你的来访，也很认真地讨论了你问我的那个问题。”

“什么问题？”我忘了自己有什么问题是值得被众人讨论的。

“人们为什么回到一座城市，为什么回到马尔默。”她说。

我惊呆了。

“我们有很多答案。”她很为难，但是你知道，她就是那种乐于分享的性格，所以她接着说，“每个人观点都不一样。有的人因为食物，有的人因为工作，至于我，我也许是喜欢一种氛围，这里能为手工业者提供很多便利……我不太确定，我们说的理由能不能让你再次回到马尔默。”

离开了家具店，我们骑自行车前往一座“大师级”的建筑——马尔默旋转塔。这座建筑由西班牙建筑师圣地亚哥·卡洛特拉瓦设计，楼高 190 米，有 54 层，据说是欧洲第二高住宅大厦，同时也是北欧最高的建筑物。

“为什么来看这座建筑？”其实，因为它过于高大，我们在市区的大多数地方都看得到它。

“去海边的话，你就无法绕开它。”

这真是个激动人心的提议。无论在何处，海边，应该是我最向往的地方。几天前在丹麦，我在路易斯安那现代艺术博物馆的花园里，也正对着大海坐了很长时间。

这片堤防有一些下行的阶梯，其中一处就是琳达每天上午游泳的地方——仅在夏天。除此以外，在这里还能看到远处的厄勒海峡大桥。实际上，正是这座大桥彻底改变了马尔默。

大桥建成之后，大量年轻的受过教育的国际移民涌入，其中一部分进入了马尔默的大学，成为学生或是教师。很多人选择在大桥对岸的哥本哈根工作，但因为那里租金相对比较高，所以人们宁可乘坐不到 30 分钟的火车，回到马尔默居住。

一路上，我感觉到琳达欲言又止，甚至有几次她已经把自行车停了下来，停顿了几秒，又决定继续往前走。我就主动问她："有什么问题吗？"

她说："实在抱歉，但我认为，我不得不带你去那个地方……"

这让我变得忧心忡忡，我问："什么地方？"

其实，她要带我去的地方是马尔默手工艺者协会成员的集合店，但是她担心这一安排可能会让我认为她在强行推广自己的品牌。我告诉她，这实在没什么好担心的。

手工店里的一切无不体现出当地手工艺者和设计师的巧妙心思。我很快就意识到，瑞典人相信，一个尊重手工艺者和人们双手的社会，事实上是一个尊重灵感和创造性的社会。从本质上来说，这也是尊重生活的体现。

我们的最后一站是当地的"大排档"。几乎每一个北欧城市都有一个著名的"大排档"，其中包括众多餐厅和食材市场。

马尔默的大排档里有一只巨型章鱼雕塑，吊装在一家海鲜餐厅里。章鱼的作者是当地的艺术家。这座城市的人相信，艺术家为自己的城市创作，可以使更多后辈相信，他们也可以改变城市。

似乎整个国家都在支持下一代的创造力，这让我非常感动。甚至在我们享用午餐的比萨店里，你也能看到厨师们对创新食物（不只是概念，绝对美味）的追求，这让我们吃的比萨拥有独一无二的风味。

大概是被食物鼓舞了，琳达和我的情绪都很高涨。她对只能做短暂的停留而表示遗憾。我向她分享了从前我在巴塞罗那的一个小插曲：当时我也快要离开巴塞罗那了，一个名为马克的小伙子担任我的临时向导，他说："巴塞罗那是个美好的城市，在这里你总是能够见到人们来了又走了。有时候，你会遇到一些有意思的人，这是我的工作中最棒的部分，也是最糟糕的部分。因为到头来你只能和他们道别，说保重。”

“当时，我的内心受到了重重一击。”我向琳达复述了那种沉重的感觉，“无论你待了多长时间、走过多少路、认识多少人、对这个城市有多熟悉，对那个城市而言，你都只是一个旅行的人……我们总会交到那种再也不会见面的朋友。”

“你完全可以为这样的朋友返回一座城市。”琳达自信地说。

吃过午饭，我就要乘火车前往北方了。这意味着，我离北欧艺术、设计和文化中心，离（自）称为“斯堪的纳维亚首都”的斯德哥尔摩越来越近了。

但是，每当我越来越靠近某个城市，对故乡的想念就会减少一些。

北欧·害怕接受陌生人的好意

在本次行程中，我早于任何人知道了北京的同事离职的消息。她是一个勤奋靠谱的同事，但我不能因为靠谱的同事很难遇到，就阻止她奔赴自己爱人所在的城市。等我回北京时，会尽快处理公司人员空缺的问题——只有在这种时候，我才会为长时间出差而感到焦虑，加上舟车劳顿，我决心努力提高日后出行时的工作效率。

往好的方面来说，这样的旅途不仅为我积累了经验，也为我积累了日后工作所需的素材和出行的资源。

我离开马尔默，乘火车北上哥德堡，沿途可以看到很多风车。瑞典平坦的土地，让新鲜的空气畅通无阻。铁路沿着海岸和湖泊修建而成，风景美不胜收。每停靠一站，都有参加各种户外体育运动的青少年涌入车内，他们并不安静，也不好好坐着，各自簇拥着团队的领袖或是长得最像老大的那个男孩，形成了几个小团体，兴致高昂地交谈着。

我瞪着他们，但没人注意到我。这突然产生的对青春的敌意，让我感到自己是个年迈的老人。我实在太累了，需要休息了。

幸运的是，未来一天半将是此行最轻松的时光，没有参观博物馆的计划，也不用考察设计项目，我要做的就只是吃饭、睡觉。

事实上，我对哥德堡一无所知。甚至在火车到达这里之前，我也没能从脑海里检索出任何一个和这个城市有关的画面。我自信地认为，连我都不知道的地方，你们肯定也没有听说过（事实应该如此）。所以，这个瑞典第二大城市在我心中的位置，正如火车经过的那些不知名的村庄和海滩一样。

没关系，旅行时总会碰到这种情况：徐徐进入未知，甚至因此错过一座城市。

我拖着行李箱走出车站，立刻被眼前的景象所迷惑。广场上有艺术家乔玛·帕兰萨的《尼斯对话》雕塑（或许在这里应该叫作“哥德堡对话”），我在法国尼斯的马塞纳广场也见过这个雕像。一旁竖立着若干彩虹旗，而不是瑞典国旗，周围的人用流利的英语交谈着，这一切都让我不知道自己身在何处。

当天晚上乘出租车去餐厅时，司机的英语口音甚至让我以为自己身在纽约。我主动倾诉了这一困惑，司机不以为然地说：“我想，瑞典应该是非英语母语国家里说英语最好的国家了。”

他还建议我尽快用完晚饭，因为正值中学毕业季，我可以去体育场观看毕业演出。

“不，我不喜欢和青少年待在一起。”我坚决地说。

“这几天他们都会在大街上巡游的。”司机幸灾乐祸地说。

他说得没错，第二天我外出散步（我把这次行动称为“轧马路”，听上去有一种饭后无所事事的悠闲的感觉）的时候，听到附近有一阵阵欢呼声。欢呼声在快速飘移，因此我断定那是一辆坐满了毕业生的大巴车。向整个城市宣告自己终于脱离了校园，长大成人，是一件多么意气风发的事！他们将离开这座城市，去斯德哥尔摩或者欧洲的其他地方，因为据我所知，年轻人普遍认为哥德堡适合养老。

中午，我应邀和当地旅游局的凯萨吃午饭，地点是哥德堡的一个名叫鱼教堂的鱼市，那里有一家当地很有名的海鲜餐厅，名叫加布里尔家。

凯萨很年轻，看起来和那些在车上大呼小叫的孩子差不多，但她已经在国外完成学业，并回哥德堡工作了两年。

她对我的到来和职业经历并没有表现出浓厚的兴趣，可能因为她的工作通常是安排或者陪前来哥德堡的媒体、博主们吃饭。我非常理解——她还很年轻，未必喜欢这份毫无冒险精神的工作。

她简单询问了我有没有仔细参观过著名的霍格区或是沃尔沃博物馆，我坦白说自己没去，而且毫无兴趣，但我自己开辟了一条路线，没有走马路，而是靠攀爬岩石走野路来到了皇冠城堡，在城市制高点俯瞰整个哥德堡的景色。这让她大吃一惊。

我趁机问她：“你喜欢哥德堡的什么？”

“喜欢这里的鱼。”她一边喝着鱼汤一边说，实际上她的确只点了这份鱼汤，“这是一家很有当地特色的餐厅。”

我用一种仿佛经过了长期磨炼的真诚告诉她：“我看得出来。我喜欢这儿，谢谢你的安排。”然后问道，“别的方面呢？”

“这里没有大城市繁华，很安静……很适合养老……”她说，语气比刚才认真得多。

“那么，你喜欢你的工作吗？”

“还行。”

“如果现在就有一份工作需要你去纽约，你会去吗？”

“当然去，为什么不？”她立刻就接上了我的话。

我狡猾地笑了。

凯萨告诉我哥德堡最热闹的时候马上就要到了（就是我离开后不久），到时候将举行一年一度的“彩虹音乐季”，持续一个月的时间。这就是为什么大街小巷都能看到彩虹旗帜（原先挂着国旗）。

大概没有第二个国家的城市会这么干了。

时间还很充裕，我睡饱之后向酒店前台咨询了市内最好的游泳馆的位置以及公共交通路线，带上行头出发去游泳。

北欧的城市大都出售一种类似城市通票的卡片，持有这种卡片，你就可以在有效期内乘坐市内的任何一种交通工具。这段时间我经常乘坐昂贵的出租车，却很少使用这种卡片，原因是担心自己迷路。

倒不是迷路这件事很严重，而是在我的北欧之行中，我发现自己一旦迷路，当地人就会发觉，并主动过来帮助我（想想我在车站碰到的说唱歌手尼尔）。北欧人仿佛拥有寻找“迷路的外地人”的雷达，一旦发现，他们会毫不犹豫地施以援手。甚至在路过大教堂时，我停下来多看了几眼，一旁买完菜准备回家的太太就走过来，问我需不需要拍照，她可以效劳，我连声拒绝了。恰恰是陌生的好意，更让我尴尬。

就像媒体常常公布的那些城市评比结果里显示的，如果用大多数现代

哥德堡是那种真正意义上的“远方的城市”，远到你觉得这辈子只会来这么一次。

文明的标准来衡量的话，北欧地区的国家都属于高度文明的社会，这其中包括了清廉、平等、自由，对艺术和创造力的尊重，以及对外地人的友好态度等。据我所见，人们对这种文明的维护都是出于自觉，因而对“陌生的好意”习以为常。很多类似的时刻，当我对这种好意产生了排斥心理时，都会意识到自己是个来自遥远他国的外地人。

那天，我决定搭乘有轨电车去游泳馆，果然还是坐反了方向。好在城市不大，换乘没多久就到了目的地。

那是当地最大的游泳馆，泳道长 50 米。我从小怕水，游泳也是最近才学会的，更没有进过 50 米长的泳池。我在泳池边犹豫着，旁边一个喝水（我是说那种罐装饮料，不是喝泳池里的水）的青少年看到了，他说：“你怕冷吗？水很温暖。”

为了回报他的好意，我诚实地说：“我不是怕冷，而是没有进过 50 米长的泳池。我通常都是游 25 米，然后停一下，再发力折返，否则我会没有力气的。”

“你的力气肯定够啦！你不需要那么用力，而是需要……”他想了想，然后说出了至关重要的技巧，“学会放松。”

北欧·“斯堪的纳维亚首都”——斯德哥尔摩

我从哥德堡出发，往东乘火车去瑞典的另一端，发现城镇稀疏，但树木茂密。无论太阳如何刺眼，车窗外都没有炎热的感觉。

如果说南欧的夏天像空中燃放的烟火，那北欧的夏天就像带着露水的绿叶蔬菜——既带来了有机食物般的安全感，又使人感到无比清爽。

大概晚上9点半的时候，天还是半亮着的，随着路过的桥梁和海上岛屿越来越多，我就知道自己进入了瑞典的首都，也被称作“斯堪的纳维亚首都”——斯德哥尔摩。

乔安娜和我碰面后做的第一件事就是去买咖啡，随后来到了地铁站。有意思的是，在当地旅游部门工作的她还不太熟悉“城市通票”——北欧各国针对游客推出的交通卡。

她解释说，因为她刚从中国台湾回到瑞典，对此不太熟悉。这又

斯德哥尔摩的主要街道

证实了我之前的猜测：许多北欧的年轻人都是经验丰富的旅行者。

我们立刻放弃英语（不是我们的母语），转而开始用中文交谈。这样的转变一瞬间拉近了我们在文化上的距离。我还得知，她在北京奥运会开幕前还在北京学习过中文，当过志愿者，后来去了台湾，说起中文来是十足的台湾腔。

她计划带我去的地方并不集中，这样就能路过斯德哥尔摩一些美丽的地铁站（乔安娜将其称为“捷运”）。瑞典人把地铁建造成一条总长超过 100 公里的艺术长廊，每一个站厅都刻意保留了原始的“岩洞”，用不同的颜色和图案区分，是经过精心设计的艺术品。

乔安娜会带我进行为期 3 天的参观。她对瑞典尤其是斯德哥尔摩有着深厚的感情："你知道斯德哥尔摩是'北欧之都'吗？""还是我们这边最好！"她还精心设计了步行的路线，尽可能避开一些维修的街道："那个地方不美，我们走这边，不走那边啦。"并且让我有充足的时间休息："反正我们不要去太多地方就是啦。"

请注意，我此行的重点仍在于研究瑞典的设计，在这篇文章里，我将按照参观地点列出相关信息，这样更有助于你出行时进行参考。这绝对是我写过的最详细的城市介绍，建议你先大致浏览图片，再决定是否继续阅读——别错过经过精选列出来的信息哦。

斯德哥尔摩是一个在设计、文化、环境、男女平等及公民素质等方面高度文明的城市，建议你亲自前往游览一下。

从奥斯特马斯地铁站出来，我差点撞上一个推婴儿车的魁梧大汉，连连道歉。这个场景让我印象深刻，是因为我总是能在斯德哥尔摩看到推婴儿车的爸爸们。

然后，就在美好的夏日早晨，我们沿着街道上有太阳的那一侧，往东马尔姆市场的方向走去。

东马尔姆市场自 1888 年建成之后，就一直是斯德哥尔摩市民和游客享受当地美食的地方。为了庆祝这座砖红色建筑建成 128 周年，当地政府对其进行了翻修，重新开业。

当然，我们要去参观的不是这座正在翻修的建筑，而是它对面的另外一座建筑——正因为老建筑无法发挥作用，所以人们在它旁边建造了一个临时市场。

"临时"并没有影响它荣获当年的建筑奖，它最大的特色在于天花板使用的是可拆卸的木结构，除了确保设计上简洁、美观外，还保证了无论在什么地方重建，建筑材料都可以拆卸、搬运、再次使用，是一座真正的环保建筑。

这座建筑就是东马尔姆市场的临时“替身”。每天清晨，附近的居民或是游客，还有一些上班的人，都会带着不同的心情前来购买生鲜、干货、水果或是咖啡，人来人往，直到夜晚。

我们重点拜访了市场里最著名的水产品店丽莎·厄姆克斯特。这家店最初是由一个名叫丽莎的老太太开的，那时候她只想卖鱼，以至于后来家人为了扩大生意，想在市场里开餐厅的时候，她和家人再也没说过一句话（然而餐厅的评价非常高，是旅行网站上的“必去”餐厅）。

正当我们和现在的店主交谈的时候，瑞典ABBA乐队的成员在我们身后买鱼——这是对面店铺的伙计提醒我们的。我不是ABBA乐队的歌迷，这段插曲并没有让我感到遗憾，但它很好地证明了这个市场深受所有人的喜爱。

“那么，这里最受欢迎的产品是什么呢？”

“是这个，”店主说，他把我们领到柜台前，“鲱鱼罐头。”

我吓坏了，这就是在互联网上被广泛关注的生化武器式的食物，据说它的异味足以摧毁方圆50米内所有人的意志。然而，我很快又被一种冒险精神冲昏了头脑，开口问：“那我们可以在这儿试试吗？”

“不不不……不……”他和乔安娜都否决了这个建议。

从东马尔姆市场离开，时间还很早，但阿斯普兰德设计集合店的联合创始人麦克·阿斯普兰德已经起床了，他拿着那种巨大的钥匙打开了设计店的门，亲自带我们参观。

这个设计店成立后的这26年间（相对于国内正在兴起的集合店，这算是一个历史悠久的集合店），始终坚持着这样的理念——挑选的产品不仅能够满足功能上的需求，还必须让产品自身的设计和品质激发用户的灵感，在此基础上，才能保证长时间地使用，不会过时。

他们不仅出售知名设计师的产品和自有品牌，还销售那些新设计师的作品。

应该如何定义“新设计师”呢？如果你本来就是一个认同北欧设计的人，而你又想弄清楚为什么北欧设计会成为一支强大的力量，或许应该研究一下这些北欧国家对“新设计师”的全力扶持。我后面还会列举一些设计师集合店，这些店铺都把提携新设计师当成己任，为他们提供展示机会。

我所到访的设计师集合店都有一个“办公区”，在这个区域中办公的不仅有店铺工作人员，还有设计师，他们为有定制需求的客户提供服务，尤其是整体厨房的定制——可能也只有在北欧，“设计”被当成了一种生活服务。

瑞典人主张朴实简单的生活方式，没有攀比的习惯，这并不影响他们经营着北欧最高档的百货公司：北欧百货。北欧百货创建于1902年，是瑞典历史最悠久、规模最大的百货公司。

北欧百货总店是一栋像皇宫一样的历史建筑，大厅被设计成剧院式的空间，有时被当作时装发布会的秀场。据说瑞典的购物退税高达17.5%，不过购物却不是我们此行的主要目的。我们避开了奢侈品集中的区域，乔安娜打算带我去顶层吃肉丸套餐，参观负一层的斯德哥尔摩设计坊和书装设计（真的有很多你在巴黎或者伦敦看不到的商店，看不过来，想在原地有丝分裂成四个人）。

“肉丸套餐？你是说宜家商场的那种吗？”瑞典肉丸是当地非常传统的食物，当然也是很多人印象中（唯一）的瑞典风味。其实后来我还被邀请去瑞典沃诺丝古堡，那里的主人也是用肉丸招待了我们，可见是一种全民引以为傲的风味美食。

“可是这家比宜家的好吃耶。”乔安娜充满自信地说。

结果真的很好吃。我敢打赌，比隔壁那家需要预约才能进去的美得让人头皮发麻的高级餐厅的食物还要好吃（并没有吃过）。

我们用餐的时候，乔安娜指着窗外那些站在办公楼阳台上喝咖啡的人说，那是真正的瑞典人的传统：Fika（音同“菲卡”）。

解释起来，Fika 就是指每天中午用一二十分钟的时间，人们停下手中的工作，找一个舒服的地方，聚在一起喝咖啡。据说瑞典人对咖啡的热爱丝毫不亚于意大利人，同时可以吃点心、聊天，什么都可以聊，所以也是一种被瑞典人广泛接受的社交方式。

在欧洲很多地方，人们还是比较乐意看到自己的生活信仰被一个单词概括起来，例如西班牙的“Siesta（午休）”、丹麦人的“Hygge”等。相比起来，Fika 的时长更短，也更随性。

打着“北欧设计出版社”的口号，“斯德哥尔摩设计坊”希望搭建一条发掘并供应北欧室内设计、陶瓷、服饰品牌的产业链。

斯德哥尔摩设计坊开设在北欧百货负一层，这里有很多新晋设计师（或者有的人根本还称不上设计师）的产品。每个季度，这个“出版社”的“编辑”——产品部门的买手和市场经理们，都会到各地挑选适合的品牌入驻。如果还没有形成“品牌”，这家“出版社”就会协助设计师将设计图变成实物，推出可销售的产品。一些国外的品牌也会在其中崭露头角，只不过他们更偏向北欧本土的设计师。

尽管北欧知名的设计品牌很多，但是很显然，他们觉得还不够。促进新设计师的发展，实际上是为整体氛围注入活力。

但乔安娜更喜欢的店就在斯德哥尔摩设计坊的对面，名叫书装设计，那是真正意义上的“老字号”。“因为我们小时候要做笔记、写作业，都会来这里买本子。”她说。

如果你有强迫症，则很容易在这家店中获得极大的满足：所有印刷品都是根据颜色来陈列的。

但我对本子没有特别的感情，只好催她去往下一站。

和此前我们到过的集合店类似，这家位于北欧百货附近的名叫设计广场的店铺也集合了很多设计产品，并且经营理念和别的集合店差不多。也因为差不多，所以我们再次在这家店里看到了顶级设计师和新晋设计师的产品，只不过设计广场把重点放在了瑞典本土的产品上，特别是年轻人喜欢的产品上。

这里甚至有一些中学生设计的产品，其中一款挂毛巾的橡胶扣是这家店销量最高的产品之一。

据说瑞典的学校基本上都开设了美术课程或是设计工作坊，一些学生的设计也会被发掘出来，申请专利，并开发成商品。

商店经理马克非常年轻，他和乔安娜一样，是在海外长大的，他的英语有着明显的美国西海岸的口音。

“听说你马上要去一个瑞典表厂……”乔安娜意有所指地提到了我，并让我把那个表的品牌展示出来，“马克，你们的手表柜台里有没有这个品牌？”

“我们这儿没有。”马克斩钉截铁地说，他对这里已经十分熟悉，“很抱歉，我还没听说过。不过，这里是瑞典，不是瑞士……我们不是靠做表出名的……”

为了不让他为难，我假装拍摄了一圈，然后拉着乔安娜离开了商店。

你可以想象，设计集合店里的商品琳琅满目，因此信息量非常大，我总是在商店里待着，去探查、采访、了解，是件很累人的工作。

乔安娜看上去并不疲惫，我问她：“你平时经常运动吗？”

她说：“我经常运动。”

我接着问：“是哪些运动？”

“我骑马，在我们家岛上。”她说。

路上挤满了人，因为当天还在举行斯德哥尔摩国际马拉松比赛，参赛者行进的路线总是以壮丽的建筑作为背景：宫殿、剧院、斯塔夫·阿尔道夫广场。在斯特林堡的描述里，这个广场“赏心悦目、千变万化，有永不停歇的匀称美”。

我们前往瑞典锡器茶室享用下午茶——位于店面顶层，需要预约才能前往。

这个瑞典的最为著名的锡器以及家居设计品牌，其店面就在斯德哥尔摩市中心最著名的大街海滩大道上，也是“瑞之锡”在瑞典唯一的专卖店——另一家专卖店在奥地利维也纳。该品牌由埃斯特里德·玛丽亚·埃里克森和尼尔斯·弗格斯德创建于1924年，除了艺术造诣超高的锡器，专卖店还出售家居产品，包括厨房、卧室、起居室等所用的家居用品，另外还出售精美的布匹，尤其还是爱马仕的布匹供货商。

瑞典锡器的产品制作精美、价格昂贵，一个普通的抱枕就标价1000克朗，根本不是普通的中产阶级所能消费得起的，是真正的奢侈品。当天接待我们的女士甚至（有些得意地）说："很多人会凑够钱，先买一件，然后等下次凑够钱了，再来买第二件……"

作为瑞典家居设计的代表性品牌，瑞典锡器彻底打破了我对"北欧设计"用黑、白、灰及木头原色构成的"性冷淡"风格的印象。早在1934年，乔瑟夫·弗兰克成为该品牌设计者之后，他就大胆使用各种鲜明的色彩与来自大自然的图案，这一风格在当时色彩稍显单一的瑞典设计作品中脱颖而出。

"但是作为一个历史悠久的品牌，你们是否有过当下潮流带来的焦虑感？"

"当你不追赶潮流的时候，"那位女士说——我忘了她的名字，她很忙，忙着下班，也来不及做自我介绍，"你才可以创造潮流。我们不刻意追赶潮流，更多的时候，很多设计的灵感都是意外得来的。"

H&M家居店位于皇后街的店铺显然不应该列入我们的行进路线中，一方面，它的店铺遍布中国的各个城市；另一方面，我的兴趣并不在于购买任何家居产品。

但正是从瑞典锡器出来后，我对"性冷淡"三个字产生了敌对情绪——这个普遍的偏见，影响了很多人对北欧特别是瑞典品牌的看法。这就解释了为什么很少有人可以第一时间想起H&M其实是一家瑞典企业——由埃林·佩尔森于1947年创立，它没有一家属于自己的工厂，但与亚洲和欧洲超过700家独立供应商保持合作。据说，你可以在80%的欧洲人的衣橱里找到H&M的Logo。

斯德哥尔摩的街道

H&M家居作为一种家居品牌，在整体色调上和我们此前看到的家居设计店里的作品有很大的区别，颜色更加丰富、浓郁。实际上，在被问到“你是否觉得H&M家居具有一种斯堪的纳维亚的设计风格或气息”时，该品牌的设计总监伊芙丽娜回答说：“我觉得斯堪的纳维亚气息已融入我们的基因里了。不过，H&M家居是一个全球性的品牌，因此它的系列产品的灵感来自世界各地。”

毫无收获地转了一会儿，我就和乔安娜离开了。

我远在斯堪的纳维亚，因此对“世界各地”的灵感并没有表现出太大的兴趣，只不过觉得这给我提供了一种对比——对你来说也是一样，有了对比，你就更能体会到“世界各地的灵感”和“斯堪的纳维亚风格”的不同。

只有开始散步，才能真正进入斯德哥尔摩。

天色非常明亮，很多人像是从照片墙上走出来的——跟他们的穿着没有关系，跟四周的空气通透度有关。有时，即使是一个建筑施工现场，远远看去，也仿佛是刻意创作的作品。

斯德哥尔摩市区分布在14座岛屿和1个半岛上，70余座桥梁将这些岛屿连成一体，各个岛屿被海水和森林环绕，像一个童话世界。

有一天清晨，我们还“散步”到一个名叫森林教堂公园的地方，我以为是花园绿地，但是从地铁站出来之后，我才知道这是一个墓地。

我们要去参观一个墓地！

“怎么回事？”我停在门口，不敢相信这是我们的计划。乔安娜平静地说，这里是一个很漂亮的地方哦。

“……”

斯德哥尔摩的城市颜色

原来，20 世纪初，斯德哥尔摩原有的墓地已经不够用，于是瑞典政府向全世界征求设计方案，最终本土的两位设计师埃里克·格温纳·艾斯朗德和西格德·勒温伦茨夺冠。从 1914 年到 1940 年，他们从建筑物、景观到细节设计等进行了全面规划，充分利用原有林地的自然地貌，用最少的建筑工程量来建造墓地。他们的设计风格体现了从浪漫民族主义到实用主义的发展历程。1994 年，这个墓地甚至被联合国列入世界文化遗产。

尽管当中所有建筑都很宽阔、明亮，甚至不刻意在壁画中展现出宗教画面，我仍向乔安娜表达了自己的担心，“我平时做了很多坏事哦”，所以我几乎没有进入建筑，也没有拍摄照片。那些在林间、草地上带着孩子散步的父母，和局促的我形成了明显的反差。

其实在斯德哥尔摩的几天里，我们不止一次地遇到爸爸陪小孩玩游戏，乔安娜说：“很多人都说瑞典的小朋友是世界上最幸福的小朋友哦。”

这是因为瑞典的产假很长，父母双方可以累计享受 480 天产假，用来照顾孩子。除此之外，父母可以从政府那里领到每天至少 180 克朗、共 480 天的家长津贴。这意味着，小朋友在成长过程中，父母有充足的时间亲自陪小孩。

更重要的是，“男女平等”一直是瑞典人追求的目标。为了鼓励父母更平等地使用产假，2008 年还开始实行所谓的“男女平等奖金”，平均分配产假的父母将获得额外的奖金，这一制度也让男人有机会做带薪全职爸爸（根据调查，瑞典 95% 的爸爸亲眼见证了宝宝的出生和成长，陪产率极高）。

"所以你会看到很多在大街上推婴儿车的都是爸爸，因为妈妈生完孩子就去上班了哦……"

此时此刻的乔安娜，看上去像是块真实的"移民广告牌"。

乔安娜连我们最重要的一顿晚餐也安排在了市中心之外的一家与家具息息相关的餐厅里，需要乘坐"艺术列车"斯德哥尔摩地铁前往。

这家事实上的"网红餐厅"位于年轻人集中的南石区，这里更像是斯德哥尔摩的布鲁克林，因而你可以想象，那些傍晚时分慢慢亮起灯的建筑，可能是酒吧、咖啡馆或者剧院。

伍德斯德哥尔摩充满了"你确定这不是开玩笑的吗"色彩，因为老板是以做木制家具起家的，在餐厅的天花板上，还挂着一些桌椅——它们正在出售，并不是装饰品。

餐厅经理说："你要是看到自己喜欢的，比如石头，都可以买走。"

整个餐厅更像是在山丘之下开凿出来的，墙壁和天花板都很不规则，像霍比特人的家。等我们入座时，又突然感觉到服务员们的性格很古怪。

"我要苹果汁。"我跟其中一个服务员说。

"你确定是苹果汁？你可真奇怪啊。"他把拿出来的啤酒杯放了回去。

然后，服务员们互相比谁的笑话更好笑。我们就是在这种气氛中用完晚餐的，至于晚餐的味道如何，我想不起来了——可以确定的是，无论我怎么说，一旦你有机会来这里，你还是会打开手机里的点评软件看大家对这里的点评的。

等我们结账离开的时候，我突然发现乔安娜不见了（我猜她应该去了洗手间），便问道："请问你们看到我那个朋友了吗？"

"她被关在衣柜里了。"女服务员说。

真实情况是，乔安娜迟迟没有出现，是因为她被另外一个顾客叫住了。对方也是个姑娘，她觉得乔安娜今晚的口红很好看，希望她能提供个色号。乔安娜说她是当着她男朋友的面这么做的。

晚餐过后，斯德哥尔摩的天空变成了粉色——并不是缓缓变成这样的，而像被人突然涂了一层颜料——非常突然，但你会因为眼前的美丽景象而迅速接受这个变化。

你可以想象，正是这顿晚餐让我彻底接纳了斯德哥尔摩——我们接纳一座城市，往往是因为接纳了这座城市里的那些人。

好吧，我实在不想让这段行程看上去密集又匆忙，但我们的确还游览了皇宫、诺贝尔博物馆、冰酒吧等不可错过的景点，这些景点同样充满乐趣。"不想要性生活，就到这座城市来"，并非因为身在北欧，一个被贴了"性冷淡"标签的地方，而是因为它的特异性和丰富程度超出了你的想象。

所以，关于斯德哥尔摩，我认为没有人可以凭借游记、攻略完整地呈现出来，我只能从自己的角度为你带来一些旅行或是行业的灵感。

自然主义没有影响实用主义在这座城市的发展，瑞典人并非擅长设计，他们只是让设计成为生活（甚至生活终结之后）的一部分。虽然遥远，但是斯德哥尔摩并不像一些神话中的城市（如智利、印度或是希腊的一些历史名城）那样缥缈神秘，它就像一个真实可触的城市模型。相比之下，它更像是"落后"的反面——北欧普遍强调工作舒适，倡导自由，劳动者依然能保持高度自律。斯德哥尔摩是世界上文明程度最高的城市之一，这一切让这座城市的人有一种“友好型人格”：爽朗的、没有偏见的、有品位的、善解人意的。

乔安娜也拥有这种友好型人格。我们告别的时候，感觉像是朋友在告别。“要再回来看看哦！”她用中国台湾普通话说，然后把我送上轮船。

我是乘坐“维京线”离开斯德哥尔摩的，这条海上航线连接瑞典和芬兰，并以维京人的名字命名，让人想起北欧人也曾以大海为家。

出海之前

斯德哥尔摩后来成为我最常往返的北欧城市

轮船上可见斯德哥尔摩星罗棋布的岛屿，有海鸟飞过。在北欧的一些地区，夏天的夜晚似乎永远不会到来，大海和天空被深浅不一的蓝色填满。

轮船在惊人的蓝色里穿行，驶向我这趟旅行的最后一个目的地——赫尔辛基。

北欧·纵身一跃

|1|

我们的船像一座岛屿——在瑞典和芬兰之间的万千岛屿中，是灯光最明亮的一座——在夜晚的海面上移动着。

有段时间下雨，我被甲板上的大风吹了回来，误入船上奇特的娱乐氛围中。酒吧营业到凌晨，女歌手卖力地演唱着美国流行乐曲，而舞池里的青少年们首先假装很规矩地扭动了一会儿，然后纷纷并肩、蹲下来踢腿，跳起了民俗舞蹈。

我回房间时，船正好停靠在奥兰群岛的玛丽港，这是中途唯一停靠的码头。

芬兰的奥兰自治省位于波罗的海上，在芬兰大陆和瑞典之间的波的尼亚湾南端，由近6500个岛屿组成，首府玛丽港是奥兰岛上最大的

茫茫海面，孤独的岛屿，却有人住在那里。

也是唯一的城市。

轮船几乎是岛上居民和外界唯一的连接方式。年复一年，奥兰岛人总是望着成千上万人乘着轮船经过，但是后来他们去了哪里呢？有的人会在这样的凌晨推着行李下船；有的人则可能一辈子也不会再经过这里了。

总之，这里是世界尽头式的存在。

|2|

早晨6点，我就去船舱外迎接朝阳，却发现天阴沉沉的，下着雨，还有下雪的可能。即便在夏季，阳光也很奢侈。海面上有一些长满植被的小岛，有的是黄绿色的灌木，有的是浓绿的杉树林。

此时，两周内跨越丹麦、瑞典和芬兰的旅行已接近尾声。随着岛屿越来越多，我因为将要看见大陆而感到兴奋。而我一直觉得，乘船进入一片新的陆地，更能接近古代人的视角。

|3|

我记得很清楚，打车从码头到赫尔辛基市中心的酒店只需要15分钟。因为一开始我听成了50分钟，司机就重复了两遍：不是50，是15。大概是为了让我适应芬兰口音，他多说了几句："今年的夏天来得很晚，昨天，我感觉这些树上还没有长出叶子。"此后，就没有再多说一句话。

这位中年司机穿着很正式的西服，还打了领带，戴着手表。有那么一瞬间，我觉得司机只是他的临时职业。

关于芬兰，我最初的印象来自一个很著名的笑话：芬兰只有两种职业，即重金属乐队和守林员。这个国家有数不清的重金属乐队，而守林员们的日常工作，则是去森林里寻找那些因为去拍摄专辑封面而迷路的乐队。

| 4 |

仅仅不到三天，我在赫尔辛基停留的时间简直太短暂了！我的行程表上都是“重点”：从赫尔辛基设计区到阿尔瓦·阿尔托的工作室，还有海边一座拥有创新设计理念的桑拿房……

当地旅游局的周玮是在酒店大堂把设计区董事长皮娅介绍给我的。皮娅穿着黑色套装，佩戴着定制的银饰，在具有现代主义装饰风格的酒店里显得冰冷又时髦。皮娅时间不多，她只在上午出现，然后要去忙芬兰时装周的事了。

于是我们各自拿了一把伞，在雨中步行前往设计区。

芬兰人口500多万，在设计领域却一直很有声望，有沙里宁父子以及阿尔瓦·阿尔托这样的超级明星建筑师，也有阿拉比亚、哈克曼和亚特克这样的将日常生活中的一切变为永恒艺术品的公司。

“我们的厨具、家具，或者这些最简单的日常用品都是经过设计的。设计是芬兰人生活的一部分，这不是一个口号。”皮娅坚定地说。

我们后来到赫尔辛基设计博物馆消磨了一个小时，其中的展品几乎是20世纪的永久收藏品，它们无一例外都证实了皮娅的说法：芬兰人为生活而设计。

他们设计打字机，也设计学校里的“用餐流程”。我甚至发现海魂衫其实是芬兰人设计的。

芬兰人甚至设计了一种叫作“婴儿盒子”的育儿套装，各种育儿用品都包含在内，全国统一标准，只要你怀孕了，国家就会免费送一套给你，而且设计有一定的更新频率。

我设想过这样的场景：两位准妈妈在街上散步，遇到之后，会热忱地讨论起“婴儿盒子”。

“听说今年的新款要出来了。”

“是啊，幸好孩子不是去年生的。新款比去年的好看多了，安娜一定会嫉妒的。”

“呵呵……”

“呵呵……”

| 5 |

早在 2005 年，赫尔辛基就将一个很大的区域命名为“设计区”，其中布满了前卫的画廊、商店、旅馆和饭店。在赫尔辛基的官方网站的推荐中，参观“设计区”的行程总是最受欢迎的。

如果有一天你来到赫尔辛基设计区，却苦于无人指引，我还是挺愿意帮忙的。例如赫尔辛基设计博物馆，这里的永久性藏品展示了芬兰设计的发展史。从 19 世纪后期的先驱到芬兰现代主义设计之父阿尔瓦·阿尔托，直至当代的最新成果，博物馆的展品带你回溯芬兰设计的发展历程。

你也可以去一个名叫伊塔拉的商店。

“伊塔拉”这个名词源自一个小村庄，以这个名字命名的玻璃工厂在 1881 年便创立于此。今天，伊塔拉的系列产品成了许多人永恒的珍藏品，是家中不可或缺的摆设，这其中包括阿尔瓦·阿尔托夫妇、卡伊·弗兰克等大师的早期设计作品，以及今天活跃在芬兰甚至国际设计舞台上的一些才华横溢的当代艺术家的作品。

生活时尚概念店TRE是设计区的新宠，该店自豪地宣称拥有90%的芬兰血统，是100%的“好东西”。这个店的CEO兼创始人塔尼娅·西比拉曾是设计论坛商店（2014年）的负责人。如今，她重新创业，并没有走设计论坛最简主义美学的老路。TRE将设计与怀旧结合，是一种灵动而俏皮的折中。店内餐厅卡构（Cargo）供应的食物70%是素食。

名为洛卡（Lokal）的小概念店2012年开张，由摄影师卡缇雅·哈格斯坦经营，现在搬到了阿纳卡图路上。这是一家画廊兼门店，展示着当代芬兰艺术家和设计师的作品。你能在这里找到精美的玻璃和陶瓷器皿，以及来自工匠村菲斯卡斯村的家具等。另外，店后设有小咖啡屋。

康门（Common）是一家日本设计商店，它是日本与芬兰两国美学兼容并蓄的代表，展示的作品非常经典，很难分辨究竟是日本血统更多还是芬兰味道更浓。

比尔吉塔咖啡屋由塔里建筑工作室设计，是海边的一道美景。咖啡屋是用玻璃和焦木打造的，与周遭自然环境十分融洽，增加了美感，却不突兀。比尔吉塔咖啡屋是一边品尝加冰粉红香槟一边观赏城市景观的完美地点。

| 6 |

但我印象更深的其实是一家名为缇卡乌（Tikau）的小家居店。

家居店由一位老妇人和一只狗看管，真正的女主人还在他国游历。

她重点介绍这里的家居用品都是手工制作的，它们独特的地方还在于，产品设计是在芬兰完成的，然后在印度做成实物。

女店主很早以前曾在印度生活，她发现村子里的失业率很高，且当地妇女不能外出工作。她希望帮助这些妇女，但她不是医生，也没有其他技能，于是便找到了自己的用武之处：这里的妇女都是天生的手工艺人，普通手工制品无法为她们带来合理收入，但是，一旦往手工制品中加入设计，情况就不一样了。

“她们都是能工巧匠，很快理解了这些设计的精髓，并加以实现。很快，她们也开始进行设计。”

她认为设计可以帮助这些村庄发生变化。

| 7 |

我是从周玮那里听说芬兰的苹果很多，当时我们在一家名叫 罗巴小屋的新式餐厅用餐。

“你为什么喜欢这里的生活呢？”得知她老家在上海，一个在节奏上与这里截然不同的城市，我心里似乎早就知道她的答案了。

“因为我喜欢骑着车去郊外。”

然后她说，在芬兰，自然属于全民。到处是森林，可以随意探索。通常，你甚至可以“合法地”进入别人的林地。有一次，她进入了一片苹果树林，看见林子里有很多装着苹果的篮子，就去拿了一些。

“这样也行吗？”

“人家就是放在那里，让游人吃的。有时候苹果太多了，他们卖了一些，剩下的不想卖，就拿回家做果酱，或者放在外面给游人吃。”

| 8 |

她建议我去芬兰堡，于是我冒雨乘轮渡往返。

在近似于早春的天气里，整座岛冰冷氤氲，人烟稀少，像没有苏醒的格林童话式的村庄。

我快速冲回酒店里睡了一觉。

| 9 |

你有没有过这样的体验呢：有时候，睡觉也会让人感到疲惫？

幸好当天晚上我乘车去了赫尔辛基著名的LÖYLY水疗中心，它就在海边，是一个以餐厅、SPA、混合（男女通用）桑拿房为主要设施的现代化的公共建筑。

LÖYLY是一个芬兰单词，它的意思是“桑拿房里的水浇在加热的石头上时冒出来的蒸汽”。

我那时候竟还没有尝试过“真正的桑拿”，从更衣室里出来，根本找不到桑拿房的方向，就决定跟着随后赶到的一群美国男孩进去。

结果他们也是第一次来。很快，这些大概是到芬兰毕业旅行的美国人，把我们彼此的“第一次”变成了彻底的灾难：等我们都坐在桑拿房里，他们迫不及待地拿起水瓢往热腾腾的石头上连浇了三次水，桑拿房里的气温瞬间升高，一群人逃命似的跑了出去。

下雨的时候，任何一个旅行中的城市，都像我们的救赎。

我穿着泳裤跑到了露台，这里已经是户外，天上有雨。岸边的人鼓动我往前再走走，可以跳入海里游泳。

芬兰人相信，从高温的桑拿房里出来，再跳入冰冷的深海，有助于健康。

我没有“纵身一跃”的勇气，回更衣室收拾好衣物就离开了这个区域，那里还有许多当地人围着毛巾在火炉边烤火。整座建筑散发着赤松的味道。

那天，当地一个设计机构的人在餐厅等我，我忘了她的名字——我真的忘了，两周时间，我实在记不清那么多只吃过一顿饭的人的名字，虽然的确没有什么好愧疚的。其实她非常友好，她还趁我们都点了苹果汁的时候分享了自己戒酒的经历。这是整顿晚餐唯一闪光的时刻。

“那么，”我终于想到了，“你们平时都是怎么过周末的？”

“我每个周末都会和家人去蒸桑拿。”她回答得很自然，仿佛不太明白为什么我要问这个问题。

其实我已经查过了，这个国家有500多万人口，却有300多万间桑拿房，其中大部分都建在自己家中。

| 10 |

第二天是晴天，去参观阿尔瓦·阿尔托的工作室和故居再好不过了。

阿尔瓦·阿尔托是芬兰现代建筑师，他主要的创作目标是探索民族化和人情化的现代建筑道路，认为工业化和标准化必须为人的生活服务，满足人的精神要求——这就像是“芬兰设计”的说明书。

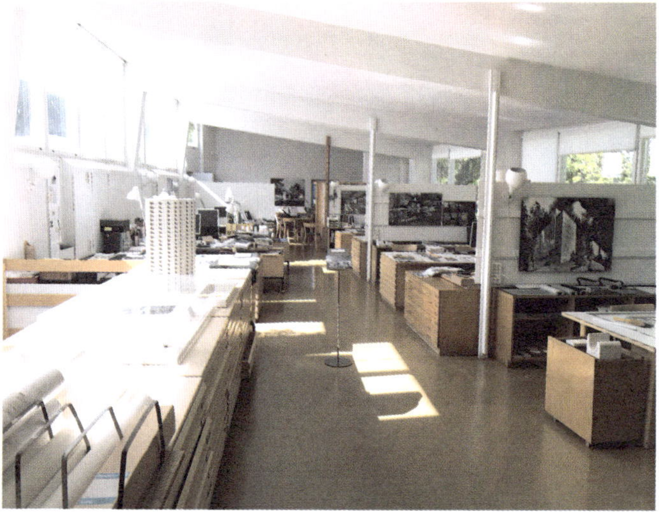

阿尔瓦·阿尔托的工作室，有明亮的阳光。

包括工作室在内，他设计的建筑，每一扇窗户、每一面墙壁，都像是邀请阳光进入室内的请柬。

阿尔托的“生态现代主义”令芬兰在早期现代主义运动中独树一帜，他将形式与功能融合，为人们创造出美观而又实用的生活空间，他留下的作品如今在芬兰各地到处可见。尽管芬兰建筑设计在与时俱进，但与大自然之间的紧密联系依然是核心理念之一。

而“故居”则是这个国家最著名的现代建筑师阿尔瓦·阿尔托与其妻子阿伊诺·阿尔托为自己建造的栖身之所。

一栋白色的砖结构现代主义建筑，木质外墙，爬满藤蔓。阿尔托夫妇充分运用自然光，原样保留自然景物，与此同时，又能使建筑物充分抵御芬兰的严冬天气。大方格窗户面向阳光，花园景物尽收眼底，多个露台和开放式壁炉展现出主人偏爱户外活动，然而外墙却不失坚固，隔绝了外界的纷扰。

| 11 |

回到城里，我才发现自己丢失了一条重要线索。

负责看守故居的那个女人，来自英格兰的作家，同时也是一本旅行杂志的编辑，就在阿尔托的故居常住。她带我参观时，声音非常虚弱：“抱歉，这些抽屉你不能轻易拉开，以免……”幸好这座故居里阳光充沛，随时滋养着她的生命。还有，她帮我叫了两次出租车都没有叫到，可见她完全不熟悉这一“业务”——说实在的，这里远离市区，且需要专门预约，绝对不是提供给游客娱乐的场所。

但我没有问她到这里来的真正原因。

“我就在这儿待一段时间……看看书……”

这个回答让她更显神秘。

| 12 |

城里还有一顿午餐等着我，当地一个机构——具体什么机构，我又忘了，我真的忘了——的负责人，名字叫什么我也忘了——我真的记不住——坐在我所住酒店旁的咖啡厅里等着我。

我们在午饭时间各自点了一些简单的沙拉，因为她很快要去参加下一个活动，却把宝贵的时间留给了我。我们没有聊什么，任何有价值的信息都没有进入这一宝贵的午间会面。

“我在伦敦工作过一段时间。”她说。

“啊，这正好解释了为什么你的口音……”

“是吗？”

我们互相透支着对方的耐心。

| 13 |

然后，她的助手赶到了，他没有吃午饭，也不打算吃，我们为他点了一杯红茶。

他旋即把我带到一座博物馆，那里有一个非常重要的文献展。接着，他和博物馆的工作人员一道，将我介绍给一位德高望重的建筑师——

我忘了，到底是哪位建筑师，我明明记了笔记的……

负责整个文献展的女士并不十分欢迎我们的到来，似乎我们来早了一些——这就可以理解了。他们向我介绍，这位是——我忘了她的名字——总之，是个很重要的人物。我们打招呼的时候，都没有看彼此的眼睛。

但我什么都忘了。

| 14 |

轮船，那些银色配饰，树上的绿芽，下雨，蒸汽，印度人，阳光……

我就只记得这么多。

距离去机场还有 4 个小时。4 个小时，大多数人还是会抓紧时间到闹市区转一转，去购物，或是多拍一些城区的照片，这一切都会成为旅行者的证明。

而我却坐在海边一处山坡上，旁边有一个篮球场，孩子们在打篮球。我往前看了很久，那里有一条延伸到海边的街道，海水就在被海鸟围困的街道尽头起伏着，偶尔有轮船开过。

| 15 |

六座城市，连续两周的旅行，有一些不得不说的感受吗？

没有。

我算好时间，买了一盒樱桃，吃完之后回酒店翻出行李箱里的泳裤，跑去赫尔辛基市中心的码头，那里有一座四季皆宜的室外恒温泳池。

人们涂着防晒霜，在泳池的露台上晒太阳。邻近有一座巨大的摩天轮，缓缓旋转着，速度和海面上行驶的邮轮一致，仿佛是它在控制着邮轮的方向。

我问救生员们：“这是混合泳池吗？为什么一个男孩都没有？”

他们开始听不懂，自己交流了一会儿，又和周围正在晒太阳的几个男孩用芬兰语说了一些话——这些男孩朝我看了看，就重新回到了泳池里。

“现在就是混合的啦！”救生员们大笑着说。

阳光太好了，我在他们的笑声里戴上泳镜，完成了那个期待已久的“纵身一跃”，扎进水里。

即使所有人都无法逃脱过去，也要找到认真旅行的理由

海上生明月

“我们会飞进另一个季节……”

机长用广播通知，这趟从北欧飞往南欧的航程将要结束。一靠近那不勒斯，飞机就开始下降。

夜色里，你会看到所有亮着灯的街道、城区都伸向了海边，最后在海岸线那里形成一条既明亮又清晰的边界，它将黑色的大海和这片历史悠久的陆地分割开来。此时，无论是海、陆地还是时间，都能让人产生“无限”的感觉。

意大利那不勒斯和中国香港维多利亚港、日本函馆并称为“旧世界三大夜景地”。这里历史悠久、天高海阔，可以在海边任何一处远眺维苏威火山。山脚下，是我大概永远辨识不出来的毁于火山喷发的

庞贝古城——大小城镇连成一片。

这是我在夏天时最宝贵的三天假期，不过此行的性质和度假相去甚远：我专门设计了为期三天的“那不勒斯四部曲”之旅。“那不勒斯四部曲”，这套畅销全世界的小说，描述了两个在那不勒斯出生的女孩（埃莱娜和莉拉）持续半个世纪的友谊，这是一部关于友谊、爱、嫉妒、暴力、命运的史诗。作者费兰特天才般的写作能力，让作为读者的我对那不勒斯充满了好奇。因此，我决定亲自前往那不勒斯，并在此地完成一个秘密任务。

我在飞机上读了从出版社编辑那里拿到的译稿——“四部曲”中的第三部《离开的，留下的》。主人公们经历了童年、少年时代，在第三部中进入了中年，莉拉的人生发生了“倒退”，埃莱娜也重新回到了那不勒斯。

在那段时间，我觉得我们城区和那不勒斯其他城区没什么差别，罪恶从我们的城区蔓延到整个那不勒斯，没有任何地方得以幸免。我每一次回到那不勒斯，都会觉得这个城市像一摊烂泥，它无法承受季节的变化——寒冷和炎热，尤其是无法应对暴雨：不是加里波第广场被水淹了，就是博物馆前的走廊倒塌了，要么就是某些地方滑坡了，一直停电，那些黑黢黢的、充满危险的街道，一直保留在我的记忆里。

——选自《离开的，留下的》

出租车穿过一条条海岸边的狭窄街道，和小说里描述的一模一样。透过窗户，可以看见山坡上绵延散布的民房，一片灯光在南方的空气中晃动闪烁。巨大的圆月就浮在海面上——大得惊人，又实在离海太近，好像它是湿的。

夸张的月色让人不安。到达酒店的时候，前台听到我给出租车司机的费用，遗憾地说："他让你付了三倍的费用，你被骗了。"

在那不勒斯的城堡山远眺维苏威火山

那不勒斯如今的街巷，和那不勒斯四部曲里描述的 20 世纪剧烈变化的时代并没有太大差别。

那一刻，我才更像是真正抵达了“四部曲”里的那座城市。

暴力的……

但是到了白天，一切都变了。意大利南部的阳光仿佛带着文学色彩，让这座在夜里备受鄙视的城市变得辉煌起来，给所有人带来了希望——不是希望变得更好，而是希望一些错误和不幸能够远离。

他们不被贫穷或贪婪所折磨。他们没有愤恨，也没有怒火。他们就像以前居住在这里的神仙一样，能欣赏到这辉煌的景色。

——选自《离开的，留下的》

小说还赋予了这次旅行全新的价值。普通意大利语算是外地语，因为多数人仍然使用那不勒斯方言。这种情况无疑为一个旅行者带来了沟通上的困难，因而我才感谢小说所做的一切贡献：它记录了人物，为人物提供了背景，也恰到好处地呈现出了当地的历史。

我在那不勒斯并不是依靠谷歌地图来穿行的，而是紧贴那个时代的街道往前行走——不是布满皇宫和教堂的希腊或是罗马时期，而是横跨20世纪90年代的战争和经济建设时期，那种挂满衣物的街巷延伸到坡上的景象至今未变。

童年时代，正是在这种遍布阴影的街道里，莉拉和埃莱娜第一次见面，之后，她们在那些阴影里见识了无数的血腥暴力事件。莉拉也是在这样的街道上，第一次被马尔切洛强吻——后来，她通过自己特有的方式，用裁皮子的刀顶住马尔切洛的脖子，后者就死心塌地爱上她了，他弟弟米凯莱也爱上她了，并且爱了一辈子。

我一点也不怀念我们的童年，因为我们的童年充满了暴力……但是，我那时从来没觉得我们的生活很糟糕。生活就是这样，这很正常。我们在成长的过程中习得的一种责任就是，在别人使我们的生活变得艰难之前，我们不得不使他们的生活更加艰难。

——选自“那不勒斯四部曲”的第一部《我的天才女友》

正是这样的街道，给了每个人逃脱的理由。

卡普里的每一个角落都有让人倒吸一口气的景致

“界限消失”

我对小说的喜欢更来自作者对小人物的描写。那些从小巷子里钻出来的男孩女孩，带来了女权主义的隐喻以及知识分子的觉醒，他们都在和自己的命运做斗争，这让我自己的“小城青年”出身和他们那些孩子气的行为频繁地相吻合。

你能够想象，那些意大利底层人，是如何竭尽自己的一生从这里逃出去的，是如何从自己的人物设定中逃出去的——在“逃脱”这件事上，他们和我们有什么不一样呢？

但10多岁的时候，处于青春期的莉拉，在一个男孩们爆发阶级战争（用烟花爆竹进行“交战”）的晚上，看到了这个世界上财富和权力的丑陋面。那是属于她的“界限消失”的时刻。

为了证实这个时刻，我在傍晚来到海边，等待着烟花升起。

费兰特没有凭空捏造关于烟花的场景，实际上，我真的在海边看到了对岸那些遥远的徐徐升起的烟花。

海岸过于宽阔，没有人听得到烟花爆炸的声音。它们静静地飞入空中，然后像历史一样消失。

卡普里

小说的很多情节都发生在伊斯基亚岛，埃莱娜总是带着

在海面上看到的维苏威

少女的欲望去那里度假，希望能遇见尼诺。我曾经指出，这和很多人旅行的动机一致：表面上是放松、寻找可能的意义，事实上是被感情或是身体的刺激引诱。

不过，所有人都跟我说，你要去一趟那不勒斯对面的卡普里岛，那里比伊斯基亚岛甚至那不勒斯更美丽，“你看到的每一个画面，都像完美无瑕的手机屏幕”。

卡普里岛美不胜收，但我总是忍不住回头，看到船只都往那不勒斯开去，留下长长的痕迹，像水蛇。

其实在当天早晨的时候，船刚刚开出，我就回头望向城堡山。那是我唯一感到亲切的地方。傍晚，我曾在城堡下的餐厅吃饭，却发现那家餐厅不能用信用卡结算，我和那个唯一会说英文的服务员说，我现在去找银行取钱，看着他忧心忡忡的样子，我安慰他不用担心。人生地不熟，找银行花费了我将近半个小时的时间。天已经全黑了的时候，我才重新出现在餐厅门口。那位服务员看到我，喜出望外，边和我握手边说：“感谢你回来。”显然他认为我再也不会回来了。

只有在远处，那不勒斯的景色才散发着让人回头的魔力。有一次，埃莱娜（终于还是）重返那不勒斯，作者就是这样展开描述的：“天空是铅色的，海湾像巨大的熔锅，从边上吞噬着天空，浓密的乌云翻滚着，向我们涌来。但在天边，在大海和乌云中间，天空中有一道长长的、铅白色的、非常耀眼的裂痕，映衬着维苏威火山的紫色影子。”

回头，是因为“所有人都无法逃脱过去”。

第三部小说更加确立了那不勒斯作为莉拉和埃莱娜人生灵感的源泉，也更加肯定了每个人的出身对于未来而言都是不可拆破的牢笼——

民房里有时候会听见吵架的声音

这个牢笼会以各种形式伴随我们一生。最重要的是两个女主人公都渐渐步入中年（某种意义上说，这是相对于青年时期失去了青春活力的阶段），人物境遇此消彼长，却更加丰富。因为两个人开始在吸收知识和享受纯粹的爱情之外，和世界建立了更紧密的关系。

为了获得一种更紧密的联系，我带着 500 张手写明信片来到那不勒斯。

这是我说的秘密任务。收信人都是我的读者，这些人出于信任，向我订阅了“那不勒斯四部曲”的前两部作品。明信片是一种小小的答谢，它们将跨越千山万水，来到陌生人的手中，成为一种时间的证明。

旅行者

每个回头的时刻，我都再次明确了“那不勒斯四部曲”在这次旅行中的位置：处在一个中心，联结我、读者、费兰特和这座城市，表达了旅行的意义。我前往那不勒斯，最重要的原因是这部小说，它成为我了解一座城市的兴趣来源、出发的理由，也让我的旅行第一次有了具体的目的。

通常，作家希望在小说主角身上实现一种人和世界的紧密联系。而现实中的旅行者，更知道自己的位置。

穷游网的蔡景晖曾经说过：“我们这一生，也许会走过几十个国家，却不希望自己只是个匆匆过客，而是渴望与这个世界的联系更紧密一些，渴望因为旅行及旅行中遇到的一切，而逐渐长成自己最期待的样子。”

也许你也听说过类似的事：

有人因为“那不勒斯四部曲”来到意大利的南方，探寻小说中的场景，并向500位拥有共同阅读经验的人寄出明信片；有人因为约翰·缪尔的《夏日走过山间》，开始了印第安纳—佛罗里达—旧金山的漫长旅程，最终来到内华达山脉下；还有人因为高村光太郎的《山之四季》来到岩手县，走进书中描述的山野中，他们觉得“浸润是更为自然且重要的事”。

山上的城市

旅行反而成了载体，而对文学的热爱，成了他们与这个世界保持紧密联系的方式。

落日

来到那不勒斯并不是逃离，也不是说走就走的旅行。在出发之前，我已经想好为什么要出发，反而让我获得了前所未有的使命感和参与创造的充实感，这就是“用热情与世界不断对话的过程”。

唯一的遗憾是，我因为舟车劳顿，连续三天错过了日出——终于把亲眼所见的景色留给了现实中的自己，而把属于小说的那部分留给了小说。

这让我想起决定回到佛罗伦萨的埃莱娜，在她人生中的某一个上午，她决定 4 点钟起床，来到那不勒斯的海边。

“我来到了海边，天空开始发紫，在黯淡的天色下，大海像一张发灰的纸。天空中没几朵云彩，天边是粉色的，光线把奥沃城堡切成了两段。在维苏威火山那边，是一片辉煌的赭红色。在火车站和波西利波那边，是一道长长的褐色，沿着礁石展开的那条路空荡荡的……”

最终，我决定离开卡普里岛，乘船抵达位于峭壁之上的坎帕尼亚。

又坐了两个小时的火车，途经大小城镇和维苏威火山，返回那不勒斯。有那么几秒钟，火车上的人同时发出了惊呼声，他们看到了壮观的夕阳——我望向窗外，发现自己还是错过了最后的夕阳。

但这就是所谓的完美结局。

抵达欧洲的方式那么多，只有这趟火车把我带到了终极梦想之地

我到北京的第一年，曾经问过杂志社里从纽约来的前辈：“为什么你回纽约要自己掏钱买商务舱？”这个问题现在听上去很蠢——商务舱或是头等舱对他那样职位和资历的人来说不算什么——但是他当时没打算让犯蠢的我难堪，而是回答说：“因为我和你们年轻人不一样，经不起长途飞行的折腾。”

后来有段时间，我很集中地到国外出差，就理解了他所说的“折腾不起”。那次从北京去维也纳的航班将近10个小时，我心甘情愿地为自己办了升舱手续之后，开始担心自己未来一周的行程——看上去很浪漫的火车之旅，将穿行在森林和雪山之中，但也要忍受火车上的长时间的颠簸。

在我的想象里，乘坐从维也纳开往瑞士的夜间火车，会是一次“奢华的”火车之旅，在淋浴间洗澡，在优雅的餐厅中用餐……我脑海中

浮现出《东方快车谋杀案》或是《布达佩斯大饭店》里的镜头，认为我们将乘坐的火车是电影中的那一种。

结果不是。

我们此行受“欧洲铁路通票”的邀请，体验乘火车在欧洲旅行，其中最重要的一段是乘坐瑞士的“冰川快线”，这是一种连车顶都是玻璃窗的景观列车。按照计划，我们将在飞驰的列车上看到阿尔卑斯山的绝世美景。

使用铁路通票旅行，虽然可以很方便地乘坐欧洲超过 35 家铁路和轮渡公司的交通工具，但因为每个国家的火车条件、铁路状况不一样（虽然欧洲铁路把各国火车联合起来了，但是火车条件也不尽相同），例如法国、意大利等国家，有时你需要提前预约位置才能上车。

我们从维也纳去瑞士的那天晚上也遇到了特殊情况——没有提前订到一等座，一行六人（生活方式杂志编辑、旅行作家、博主）挤在六人卧铺间里，里面塞满行李箱，我们共同患难、共同崩溃。

在我为你讲述更多的旅行见闻并揭晓自己最喜欢的酒店之前，我想特别提示那些对“乘坐火车周游欧洲”的朋友注意以下事项：

（1）“欧洲铁路通票”是专门为非欧洲游客设计的，是目前为止性价比最高的交通方案。以前我不知道的时候，都是单独买票。在有效期内，一张通票几乎涵盖了所有欧洲铁路，28 个国家、超过 35 家铁路和轮渡公司、超过 1 万座欧洲城镇和村庄、超过 25 万公里的铁路线，只要根据通票的使用说明来使用，都不会有太大问题。我们同行

去往圣莫里茨的火车

的资深旅行作家就是通票的忠实用户。今年又推出了在意大利和瑞士之间的通票。

（2）坐火车旅行要量力而行。我这种长期被自己惯坏的人，虽然看到车窗外的景色时常常兴奋得手舞足蹈，但是颠簸了一夜又叫苦不迭。并且，每个国家的火车条件不一样，好一点的很舒适，差一点的会让你立刻想回国在“和谐号”的车厢里打滚。

（3）坐火车旅行最大的好处，是可以把你带到很多飞机和巴士都去不了的地方，沿途景色无与伦比。你知道的，很多人喜欢去大城市，但欧洲文化的精华主要存在于很多村镇中，例如瑞士，很多村子都在山里，但是火车也能开进去，自驾就很麻烦，盘山公路能把你绕吐。作为旅行者，乘火车让你有更多的机会迅速融入当地的社会与文化中。

维也纳

在维也纳遇到连续的阴雨天。

那个时候，秋天已经来临。印象中的维也纳是金色的，尤其是建筑闪着金光，结果金光被阴雨天气遮盖，留给我阴冷的记忆。

暴雨把我们挡在电车站台上，我们的鞋子都湿了，路上却陆续有人穿着冲锋衣和短裤在慢跑。有一年，*MONOCLE* 杂志评选世界上最宜居的城市，维也纳榜上有名，说这里的生活舒适，让人向往，我从那些跑步的人身上得到了印证。

我在雨里瑟瑟发抖，根本不知道大街对面的宏伟建筑就是举世闻名的维也纳国家歌剧院。到达美泉宫、美景宫时，发现它们被大雨浇得黯然失色。

把旅行中的遗憾怪罪到天气上，大概是我做过的最无奈的事了。

然而，我又是理直气壮的。因为最后一天遇到了好天气，事情果然也变好了。我们到夜间市场用完午餐，还趁夜色去了普拉特游乐场——同行的姑娘们，不知道后来是被什么电影冲昏了头脑，一定要去看一眼游乐场的摩天轮。

实际上，晴天夜里的游乐场远比雨中的宫殿迷人：霓虹闪烁、烟雾缭绕，坐在老虎机旁边抽烟的人……是杂志上不会出现的城市图画。

一眼望去，这座古老的城市中，只有夜间的游乐场是热闹的。

圣莫里茨

夜车在清晨到达瑞士，我们有 5 分钟的时间换乘下一趟火车。只是一趟火车，就带我们穿越了季节——瑞士已经是冬天了。

我刚在车里坐下，抬头看到窗外的高山被云雾笼罩，云无限逼近地面，像是家门口发生的海啸。

那是很早的一趟车，车上坐着早起去务工的人，也有学生。果然，就像我说的，火车串联起了山区主要的交通网络，比任何交通工具都方便。

在 Sargans 站下车还要换乘一次，才能到达圣莫里茨。我已经非常劳累，根本没有心情抱怨一路的艰辛。隐约意识到，我已经不是大学时偷偷挪用生活费和同学乘坐火车到处旅行的年轻人了——我说的年轻，完全是生理上的，而这个时候又离完全成年还有一定的距离，是

当地的学生清晨会来到山脚下的车站，乘车去另一座山的山脚下，然后徒步去上学。

一种中间状态，好像身体已经到了成年的状态，但心态还没有"追上来"。

意识到年龄的增长，更增加了我的沮丧，以至于第一次路过著名的兰德瓦瑟高架桥，我已经懒得尖叫了。

不能否认的是，沿途风光之好，远超我的想象。

有时，列车似乎是开过了悬崖上的桥梁，因为流水（瀑布）就在眼前飞泻而出，注入山间浓雾里。有时，到达很高的地方，却被更高的树林挡住了视线，在枝叶之间，我们看到了更多的树木，无穷无尽。

一直在往上开，最后到达了圣莫里茨。

我第一次知道圣莫里茨，是在填写欧洲铁路通票的时候——使用通票，你需要在上车前（或者列车员没有检查你的车票之前）手工填写下一个目的地和出行日期。每个人都填了，我才像抄作业一般把别人的票借过来，抄上了这个城市的名字。此前，我完全没有听说过这个地方。

对我而言完全陌生的城市，对冬季运动爱好者来说却是胜地。150年前，冬季旅游诞生于此。每年，滑雪、徒步、雪橇等各种各样的冬季活动吸引着无数的运动爱好者来到这里。瑞士举办过两次奥林匹克冬季运动会，都是在圣莫里茨进行的。

圣莫里茨四周是壮丽的阿尔卑斯山峰，有冰川水补给莱茵河、波河和多瑙河。市中心300米长的瑟拉斯道有超过50种世界顶级奢侈品牌，新品更迭速度甚至超过巴黎。圣莫里茨虽不大，却是世界上豪华酒店密度最大的城市之一。

酒店司机在火车站接到我们，再驱车20分钟，把我们带到了山中的瓦德豪斯希尔斯家族酒店。

瓦德豪斯希尔斯家族酒店

瓦德豪斯希尔斯家族酒店是隐藏在山林之中的五星级酒店。我在推开房间窗户的时候，看到了森林环绕的湖泊、村庄和雄伟的雪山。更准确地说，是即将成为雪山的高山。

因为大雪是在那一刻突然纷纷落下的。

我之前没有见过这样的景象。

雪山和房屋上微弱的光亮凸显了我的渺小，同时让我获得了前所未有的安全感。我在一次采访中描述过这种安全感的来源：终于找到了一种理想的状态。我之后在此度过的 48 个小时，是短暂、密集的 48 个小时。很多人穷尽一生都不知道自己追求什么样的状态，但是我明确、精准地记下了推开窗户的瞬间。

那是一个历史性的时刻。从此之后，我知道自己每做一件事，似乎都是要为之后多储存一天——以便回到这个地方，延长那个具体的瞬间。它可能不是我人生的终极目标，但我知道自己将会为一种具体的事物继续奋斗。

酒店经理骄傲地提起，赫尔曼·黑塞在这里住过 300 多天，每天坐在窗前写作，《温泉疗养客》中的很多场景就是这家酒店（山庄）。

他写道："又因为他（福尼尔）很快就要离开了，所以这个室内音乐会就定在第二天举行，恰巧这一天是我非常不顺的一天，我感觉很不舒服，很疲乏，脾气不好，情绪很低。人老了，表面上有智慧了，受了周围环境和自我内心的影响，仍然可能发生这样的事。"

从古至今，酒店夜夜笙歌，提琴和钢琴演奏从不间断。在酒店外面不远处的地方，也有一个舞台，可惜当天下雪，没有机会体验。

这里的房间、餐厅、酒吧、琴房甚至棋牌室等地方必须拥有巨大的窗户，以便让窗外的树林、山峰直接映入眼帘。

一切都以美到震慑人心为标准。

我们下榻时，正赶上“狩猎季节”，猎人们把鹿肉送到酒店，当天晚上，厨房制作的特色菜即鹿肉，当然还有其他自助餐式的美食。

远离城市喧嚣，藏身在密林中的瓦德豪斯希尔斯家族酒店于1905年至1908年由创始人乔瑟夫·盖格联合著名酒店建筑师卡尔·科勒设计建造，并在1908年夏天正式营业。2010年，交由酒店第五代管理

高山

人克劳迪奥和帕特里克·迪特里驰兄弟俩经营。

酒店曾在1927年经历火灾，之后修复成现在的模样。即便它已经不是瑞士最大、最豪华的酒店，却在酒店建筑中占有显著地位。

文化是这座历史悠久的酒店的基因，酒店内部依然完整保存着当年的样貌，充满自然之美和文化氛围。哲学家尼采、诗人及作家赫尔曼·黑塞、作家埃尔克·海登莱希等著名人士曾经常在酒店停留。如今酒店持续举行读书会和音乐会等文化活动，为来往客人提供灵感。不少名人选择在遥望雪山的客房里休息、读书和创作。

这里的主厨热衷于将天然食材融入菜单中，并用精致的摆盘表达酒店本身的味道：与森林、山脉、湖泊融为一体。此外，酒店拥有世界上最大的威士忌酒吧，备有约2500种威士忌。

对于同种类型和规模的酒店来说，非常罕见的是，这里仍然由创始人的家族成员亲自经营。

山高路远，在快速变化的时代中，酒店经营者始终尊重与坚守酒店的历史价值，延续百年前的传统，使这座酒店充满古韵。

雪山

山间溪流潺潺不绝，晨间的浓雾从水中升起，让溪流和湖泊看上去像煮沸的开水。这是比圣莫里茨城中的巧克力店、甜品店、奢侈品店更让人兴奋的事。

我们离开圣莫里茨前的最后一项户外活动是爬山，穆奥塔斯穆拉佑山上的雪都是那天我在窗前看到的初雪，不是很厚，山上搭建的游乐设施还能使用，我童心大发，钻到滑梯中玩耍，裤子全湿了。

圣莫里茨是交通要道，雷蒂亚铁路的红色列车把游客们从圣莫里茨带到周边的其他景点：魔女峰和拉嘎布的滑雪地区、下恩嘎丁地区的国家公园，十分快捷。乘坐伯尔尼纳快车可以前往地中海附近的普诗拉夫。

而在我们的计划里，原本是要乘坐世界著名的“冰川快线”前往库尔，然后从库尔前往米兰，但是当我们拖着行李赶到车站的时候，工作人员对我们说：“前序列车脱轨了，很遗憾你们不能乘坐冰川快线。”

我当时很无语。

解决的方法是，我们被安排搭乘穿梭大巴车去往下一个火车站，从那里搭乘火车继续前往意大利。

大巴车从高海拔地区沿着盘山公路缓缓开动，我们的心情都很忐忑，因为公路过于险要。

你看，我们最重要的火车之旅就是这样被替代的。最终，我还是被沿途的雪山激励，记下了五件和旅行有关的事：

第一，没有计划好的旅行。

因为旅行是生活中的一部分。没有人会按照计划来生活，生活也不能被计划。即使你计划好了一路的景点、餐厅、博物馆，也会遇到意外。

第二，如果你想拍山峰，就去拍山峰。

因为山峰不像你的计划，计划和路线变动了，山峰却永远在那里。

雪的季节已经到来

如果你想拍山峰，迈出那一步，就总会拍到它。

第三，世界上总有一个地方在下雪。

日内瓦没有下雪，不代表圣莫里茨没有下雪。最好不要低估世界的广阔，看不到的事情，不代表它们没有发生。

第四，趁你还可以自己一个人旅行的时候就去旅行。

团队旅行需要照顾和协调的事情太多，最轻松的旅行是一个人的旅行，因为那个时候，你只有自己的目标需要实现。

第五，旅行不是休息。

旅行是走路，是每走一步路都在接收世界的信息。我的9月很繁忙，但愿我们都有时间休息，梳理自己的羽毛，伸个懒腰再上路。

意大利段则还停留在上一个季节

米兰

从北方（瑞士）进入意大利，季节渐渐变成了夏末。

火车沿线都能看到科莫湖的景致。科莫湖，也称拉里奥湖，是意大利阿尔卑斯山脉的冰川湖，最负盛名的旅游胜地，归伦巴第大区管辖，面积146平方公里，为意大利第三大湖。

我第一次到米兰做时装周的报道，当时的助理极力推荐科莫湖作为周末的放松地点，但我们的工作任务繁重，最终没有成行。为此，我专门预留出了两天时间，当整个行程结束时，我将独自返回科莫湖。

我们从瑞士的火车上下来，换上了意大利的火车。车上不断有学生上来，吵闹极了——这真的不是一个安静的国家。

后来有一个高中生坐到我对面，看到我对窗外的湖泊表现出浓厚的兴趣，就自告奋勇地跟我分享他所知的信息。但大概是为了练习他的口语，因为他还说到，他从山区老家去米兰，是为了参加一场语言考试，考过之后，他就会去美国读大学。

最后，他拿出自己的口香糖，剥开，放到嘴里，然后拿出笔在糖纸上写了具体的路线，硬塞给我。我尽管觉得意外，却不知道他写在纸上的路线将如何把我从米兰带到科莫湖。

米兰是我们这趟“欧洲铁路通票”体验之旅的终点站，真是遗憾，我对米兰没有太多的兴趣。从北到南，我到过威尼斯、罗马、佛罗伦萨和那不勒斯，米兰是我“最后会想到的”意大利城市——这没有什么好解释的，世界上的城市千千万，你很难（强行地）把每一个都收入自己的喜爱名单之中。

在米兰的最后一个夜晚——同行的人隔天就要离开了——我们穿过商业区回酒店，在静谧的街道旁看到一对嬉笑打闹的情侣。他们身着礼服，像是从电影中走出来的，女人手里拿着酒杯，杯中的酒还没有喝完。

他们哈哈大笑，走到自己的车前。男人打开车门时，女人把酒杯放到了车顶，于是两个人继续聊天。然后，男人绕过来，吻了女人，这才双双回到车里，飞速开出了这个街区。

这意外的一幕，将我从一次可能是最劳累的火车旅行中拯救出来，我最终还是爱上了米兰。

米兰大教堂

焦虑只是比成长到得更早一些

晚点了将近两个小时，飞机终于从苏黎世机场的跑道上启动。它极速向前，仿佛是在和群山之外的太阳赛跑。但是，就在即将腾空而起的最后一刻，飞机突然来了个急刹。

“可能遇到了故障。”空姐冷静下来，将此消息告诉惊魂未定的乘客们。但机长立刻就确认了：飞机的确遇到了故障，航班取消。然后，他们开始安排乘客下飞机。为了安抚乘客，空姐给每一位走下飞机的乘客送了一块巧克力——这个国家最著名的甜点，仿佛有救治一切的功效。

熊小默和卢曦都领到了巧克力，两人刚刚经历了堪比电影情节的惊魂时刻，准时与我们大部队会合已经不太可能。

得知这个消息时，我已经到达千里之外的汝拉山区，附近有大约360公里的弧形山脉，连绵不断，从南端的隆河一直延展到北部的莱

汝拉山区

茵河。这里既有白雪覆盖的群山，也有从冰川中开凿的湖泊。

下午的湖水，被山谷吹来的秋风抚动，不发出一点声音。我静静地欣赏着，直到被蚊虫追赶着，尖叫着逃回了酒店。

山谷之远

马修安排好车辆去接“大难不死的男孩和女孩”，又带我们上了一辆巨大的客车，前往山谷中唯一营业的餐厅享用晚餐。眼看吃的解决了，我才感到世界重新恢复了秩序。

好了，马修就是恩娜和斯特拉口中当之无愧的最佳向导，他还为我们安排了洛桑的酒店。他们分别在瑞士当地和中国上海为“宝珀”工作，而我们前来汝拉山区，正是去参观这家瑞士名表的工坊。

太阳已经落山，天空变成了静谧的蓝色，那家餐厅就建造在蓝色深处。

我匆匆填饱了肚子，很快就变得忧心忡忡起来。尽管我和所有人都能融洽相处，但旅途中可能发生的意外加深了我原有的焦虑，包括：

山谷中的餐厅

（1）我收到前往瑞士的邀请时，已经身处于创业的紧张节奏之中，公司业务并不成熟、稳定，我非常担心公司会在我出差期间出现问题（后来真的出现了）。

（2）在钟表之国瑞士，我将第一次前往腕表机芯工厂。问题在于，我至今没有积累起丰富的和腕表有关的知识，顶着“无知”的大脑，我能对这个行业产生兴趣吗？

（3）我从小对雪山有着难以名状的崇拜，这次外出，我还有一个自私的理由：前往梦寐以求的雪山之巅。我能实现这个目标吗？

这些焦虑持续至深夜，只在餐后的奶油蛋糕端上来时，短暂地消失过几分钟。那真是让人出人意料的奶油蛋糕啊，堪称“地球的瑰宝”，难怪被藏在深山之中。

长老们

隔天清晨，我们在酒店餐厅里和其他人会合。在精神饱满的我面前，他们吃得实在太多了……可见的确经过了一夜的舟车劳顿。

我便没有打扰他们用餐。当时，我那个到雪山去的秘密计划差点儿就脱口而出，也很想知道他们此次来访的心情。两人都不是第一次到达该山区，都曾做过许多和瑞士钟表相关的报道，我默默祈祷：请你们务必保持热情，不要为这种“重复主题”感到无聊，否则我也会受到影响。

更早之前，我曾去瑞典拜访一家新式腕表的主人，他希望用北欧

坐在这里，立刻忘记了舟车劳顿。

风格的设计把手表变成一种更加时髦的佩饰，因为时下腕表的基础功能——计时已然被手机或是智能手表替代了。这样一说挺有道理，也更让我疑惑：为什么有的人就是喜欢（收集）高级腕表，而各大品牌似乎也没有停止过顶级腕表的制作？

探索这个问题的答案，让我在汝拉山区的短暂行程中找到了方向。

举世闻名的汝拉山区，是瑞士钟表真正的发祥地，钟表界中那些如雷贯耳的殿堂级品牌，诸如宝珀、宝玑、爱彼、百达翡丽……都在此孕育。

如果你看过魔幻小说或者电影，或许能明白我此时的感受。正如我描述过的，这里是个遥远、静谧的所在，那些历史悠久的品牌，就像居住在这里的绝世长老。世事变幻，长老们却始终留在群山之中，只在史诗般的关键时刻挺身而出。

不过，据我所知，传统腕表行业面临挑战，并不仅仅是因为手机或是智能手表诞生。20 世纪 70 年代，制表工业就已经面临严峻挑战了——换句话说，那可能是长老们最焦虑的时期。

当时，石英机芯问世，这种由电池能源驱动的机芯让瑞士制表行业 1/3 的劳动力失去工作，很多人预测传统腕表行业即将消失。

著名的“石英风暴”，事实上为传统制表业带来了毁灭性的打击。但是，传统制表业为什么能走到今天呢？

新的秘密

这下客车里终于坐满了人。路上他们交换着自己对腕表的最新见解，我则四处寻找电源插头，因为昨晚忘了给手机充电。直到恩娜说“机芯工厂里不允许拍照”，我才彻底放弃了自己的手机。

周围小镇的房屋和欧洲其他地方不同：因为当地钟表业发达，制表师们长时间在家中工作，屋里需要更多的天光，所以这些房屋拥有更多的窗户。

本来我觉得每天住在风景之中，实在让人羡慕。很快又得知，拥有美丽景致的汝拉山区并不具备成为高级钟表胜地的条件：位于海拔 1000 米之地，不仅远离贸易要道，而且山口还因为冬季漫长而经常与外界隔绝，当地居民不得不常年应对恶劣的气候。

结果，他们在如此艰难的环境下，反而（因为被困在家里）把需要高度耐性和积极工作态度的制表技艺发扬光大了，甚至就地取材，将本地植物制成了天然的打磨工具。

也算是宅出了常人望尘莫及的境界。

机芯工厂里不允许拍照。但你可以想象，在这个安静的遍布着精密仪器、手工工具和工匠制度的地方，充满了一种让人敬佩的精神。一块高级腕表的背后，那制作精密仪器一样的生产过程，还有那创作艺术品一样的巨匠手艺，都令人惊叹不已。

宝珀机芯工厂的前身是建立于1858年的弗雷德里克·皮古特机芯厂，该机芯厂是瑞士钟表行业中重要的中高端机芯供应商，历史上使用该厂机芯的品牌包括百达翡丽、爱彼、江诗丹顿、宝玑、卡地亚等。

在宝珀壮观的仓库中，保留着三四十年前乃至更早的机芯零件模具。这些模具并非一种资料式的储存，它们的实用价值还在于，很多古董表需要换件维修的时候，宝珀机芯工厂就可以制作出所需零件（也因为掌握着主要制表流程，让宝珀在后来的岁月里大胆创新、出奇制胜）。

这些机械之芯，是如何代表了宝珀最光荣的传统呢?

光荣传统

即便在“石英风暴”期间，宝珀机芯工厂也一直坚持以最纯粹的传统方式制造腕表，不遗余力地振兴机械制表行业，重新重视传统腕表的复杂功能，使世人再度认识手工业行会的历史，了解体现最高制表成就的重要表款的核心价值。

在充满商业和文化概念的世界里，没有什么比“核心价值”更值得严肃对待，这也是我最近在做市场观察时最重视的四个字。

不管是工作出差还是个人拜访，媒体从业者确实有更多的机会比读者或是行业外的人了解到关于品牌的更多事实细节。在过去的采访中，我最大的感受是，很多传统品牌都很慌乱——似乎都在寻找一种当下的所谓新的东西去填补品牌“年龄”带来的不自信。只有很少的品牌，选择了坚持自己的核心价值。传统制表业中那些仍然显赫的品牌，都是这样走到了今天。

宝珀对“核心价值”的坚持，令其传统制表文化与艺术得以绵延不绝，并在20世纪80年代以月相表为代表，全面复兴了机械制表行业。

这样的光荣，甚至让我忘了提起一个更早的记录：始创于1735年的宝珀，是世界上第一个登记在册的腕表品牌。

时间的礼物

我曾经在时尚杂志中看到手表的照片，即使放大了十多倍甚至几十倍，表的细节还清晰可见。和普通腕表相比，高级腕表每一个零件，甚至是机芯内部，都经过了长时间的打磨、抛光，甚至压花——时间是无声无息的，但是在这些用于计时工具的零件身上，你仿佛能看到“时间”的存在。

“你喜欢的都是大明火珐琅盘的，看上去都很温润，”恩娜说，“但

在瑞士，每一座伟大的城市中都会有湖。

下面这款万年历月相，我个人觉得适合更成熟的、历练多一些的人群。”

我纠结着“历练多一些”的含义，却又查到表的价格非常昂贵，不得不放弃了继续讨论的念头。

其实，这个“挑选”的过程非常有意思。奢侈品行业发展到今天，越来越多的人已经意识到：炫耀式的Logo崇拜已经不“酷”了，我们更希望用品质、认同的价值观，甚至一段故事来定义自己——物品。我们希望自己能够体现它，而不是被它体现。

从这个意义上来说，我很同意她的建议。

当然，我也严格地控制自己：不能对此事（腕表）过于感兴趣，更不能深入地钻研。正如许多热爱摄影的人无休止地购买器材一样，对腕表的迷恋也会让人陷入一种经济上的自我剥削状态。

湖光山色

我不会告诉你，我在一片山谷中找到了内心的宁静——那样未免过于诗意。但我会告诉你，那些发生在这里的故事，让我开始重视这种诗意。

从山谷离开，我们就往洛桑去了。

到达洛桑已经是傍晚，马修将我们安置在宫廷温泉酒店。这家酒店建于 1915 年，是洛桑历史遗产的重要组成部分。我推开房间门时，有百年历史的豪华装饰映入眼帘，立刻觉得有更好的事要发生：窗外是日内瓦湖和阿尔卑斯山的全景图。

我的眼睛越过了洛桑老城区和日内瓦湖，直接看到了起伏的山脉，这让我重拾了自己前往雪山的决心。

为什么是雪山？

这种向往是我在一次去青海的采访中出现的。有一天清晨，天还没有亮，车子在漆黑的路上行驶着，我一回头，看到天光映衬下的雪山的轮廓，好像有天那么高。那趟行程的高潮就出现在这里，我被雪山迷住了，却不得不离它们越来越远。

我们把镜头对准了高楼大厦，去海边度过了短暂的假期，经过河流时也并不觉得它们有多美丽——山就被彻底忘记了。但是，在这个世界上，没有什么比山更老，也没有什么比山更能让你冷静。

洛桑这家酒店的楼下是一家著名的米其林一星餐厅，我们的晚餐就是在这里享用的。

餐厅的历史也很久远，在每一个座位后方的墙上，都用铜牌刻上曾经到达此地的人的名字，但我因为一个和行程有关的消息，彻底忽略了那些人名的光彩和食物的美味。

我们的计划是，第二天早上就去雪山。

雪山

那是个非常不普通的早晨——我想不出它有什么特别之处，但我从早餐开始，就是这么认为的。出发前，我收到了一封邮件，我刚看到邮件标题时，就决定先不打开它。

我们的临时向导是一位久居瑞士的华侨，她的孩子正在当地上小学。我表现得非常兴奋，时常请她介绍车子外面的景色，而她则一直用“你就是全班问题最多的学生”那样的目光看着我，直到我因为（山路蜿蜒）晕车不得不闭上了嘴。

远方的湖泊和山脉交织在一起，让人想起《指环王》里的场景，大船扬帆后，将驶往地平线外的西方世界。

从山顶返回的路上，只有一个带窗户的通道

我们后来去了湖边的沃州葡萄园，山坡的梯田上长满葡萄树，顺着山势垒砌着很多矮墙。

瑞士人很为自己的葡萄酒自豪，但葡萄酒产量很低，基本上不出口。我们被告知，沃州葡萄酒与法国葡萄酒媲美的原因，和“三个太阳”对葡萄的照射有关：第一个太阳，是此刻挂在天上的火球；第二个“太阳”，则是湖面反射的那一个；第三个“太阳”，是那些白天吸收热量，夜间开始散热的梯田墙壁。

壮观的梯田，一直到海拔2000米的地方才消失——它们才刚消失，我们就进入了幽深的山谷，换乘缆车到达“冰川3000”。

冰川3000因地处莱迪亚布勒雷冰川附近，最高峰达2979米而得名。我们到达时还不是滑雪旺季，但是，至少有24座海拔4000米以上的白雪皑皑的高山出现在我们面前，组成一幅壮丽的画卷。

这里拥有唯一可以欣赏到最著名的三大峰（欧洲最高峰勃朗峰、瑞士标志性山峰马特洪峰和著名的少女峰）壮丽景色的观景台。

我们在可以欣赏冰川高原以及瓦莱州阿尔卑斯山美景的山顶餐厅用完午餐。我被窗外的景色完全迷住了，没有把瑞士著名的“芝士火锅”放在心上。

“如果你想拍山峰，就去拍山峰。因为山峰不像你的计划，计划和路线变动了，山峰却永远在那里。如果你想拍山峰，迈出那一步，就总会拍到它。”

一封邮件

晚餐我是和宝珀全球各地的同事一起吃的，那家餐厅隐藏在老城一处偏僻的街道里，看上去是“懂行”的人才会来的地方。

在餐桌上，中国区的负责人廖昱先生向我们介绍了他手上的宝珀潜水系列腕表，而我突然陷入了那封邮件带来的自我怀疑中。

邮件的标题是“辞职信”，我憋了一天不去看它，一直到晚餐，我小心翼翼地看了一眼。“与你的合作一直很开心，”辞职的员工说，“但我想离开媒体，试试别的。”

我已经身处创业的紧张节奏之中，公司业务并不成熟、稳定。以上情况，是我最担心的。你一定不能想象，突然收到的辞职邮件是如何打击（动摇）了我。

有一段时间，大家都在敬酒——外国人向中国人学会了给每一个人敬酒——我疲惫地站起来，一言不发地喝着。幸好廖先生跟我们说：“先休息一下，我们到湖边去。”

我们一群人穿过后厨，来到湖边。宽阔的湖面，只在月亮照耀的时候显现出来，其余时间都是黑色的。

奇异的景色，实在让人过目难忘。

正是媒体工作让我有机会看到眼前的夜色，我对自己的工作充满了感激。相比在同一处完成工作，我更希望自己是在变化的环境中完成采访和分享的。我要求自己，永远不能指望自己每天坐在电脑前就能完成出色的分享，不要成为那种有朝一日会被人工智能替代的，只能进行信息整理的编辑人员。

“大概已经没有人会看报纸，连报纸的网站都不会去看，电视新闻也不看。那新闻从哪里来呢？就是微信朋友圈发给你的。”这句话是梁文道在宝珀和GQ联合制作的采访中说的。他甚至在采访中说“保持每天读书”并不是作为一种能力存在的，因为“读书”是他不得不做的事，他“只会做这件事”。阅读，帮助他对抗焦虑，他是那种从焦虑当中存活下来的人（采访中的另外几个人也是类似的情况）。

我尊重这样的阐述，它解决了我长期的困扰：承认自己的局限。未必是过于热爱，才一直坚持，也有可能是因为我只会做一件事：我非常坚定地选择了这个行业，就像我坚定地选择了雪山。

相比之下，我无法为任何人扮演人生导师的角色。一旦他们在自己的职业上做了（并非坚定的）选择，我并不会阻止他们去尝试其他的可能性。有一句话是怎么说的呢？“为了将事情做好，首先你得喜欢做这件事，而不是做这件事情的结果。”

“同意。”我在湖边简短地回复了邮件。

在星空下睡着

去机场的时候，公路就像一条精心安排的观景之路，两旁的高山绵延不绝，云像海浪一样翻滚着。

载我的司机是肯尼亚移民，他年轻时和哥哥跟随父亲到伦敦念书，毕业之后和哥哥分道扬镳：他来到瑞士，哥哥去了美国。

“他追寻着‘美国梦’，但是过得很辛苦，每天工作12个小时，没有一天睡过好觉。”司机这样评价自己的哥哥，“但我这样开车呢——

不挣钱，却过得很舒服。你看过瑞士的星星吗？夏天的时候，我有一段时间不工作，就去爬山，可以在星空下睡着。你应该在夏天的时候再来一趟。”

这是我此行最后的收获：陌生人分享的故事。一个简短的故事，却能够呈现出不同的人生。

实际上，获得别人的故事很简单，只要你足够健谈；了解一个品牌的故事也没有那么难，正如在很短的行程里，我快速学习了宝珀的历史，见到了一块高级腕表背后如同制造精密仪器一样的生产流程。然而，更难掌握的技能是认识自己。

很多人都会选择属于自己的人生，但往往只有少数人能够在未来过上自己想要的生活。在这个过程中，知道自己是谁，比经历过什么事情、面对什么事情更加重要。

我们也一样。

从大皇宫步行去爱马仕博物馆，对巴黎人的嫉妒又多了一些

巴黎有很多不属于地球的景象。

这里遍布着巨大辉煌的建筑，看上去和其他城市如此不同，几乎总是一眼就能被人认出。当你意识到它们都出自古人之手，而非出自当代人或者未来人之手，身在外星球的感觉就更加明显。

我不是特别在乎谁建造了巴黎，我只是不明白，今天的巴黎人何德何能，好像什么都没做，就继承了如此珍贵的历史遗产。

我是在离大皇宫只有20分钟路程的一个小房间里找到答案的。

大皇宫

巴黎的春天还和从前一样，阴晴不定。车刚在巴黎霍克斯顿酒店门口停好，雪就下了起来。

巴黎大皇宫

这家结合了时尚设计和历史风貌的酒店，位于一座路易十五时期建造的洛可可式风格的联排别墅里，由三栋建筑组成，拥有风景如画的庭院和充满巴黎城市气息的酒吧，其中名为里维埃的餐厅总是一座难求。

第二天，春光又异常明媚，以至于从前任何抱怨巴黎的话都有可能成为“毕生羞耻”。

这样的天气变化，让我在第一次拜访巴黎大皇宫的时候，充分领略了它的美。

巴黎大皇宫是为了举办1900年世界博览会所兴建的。盛会之后，其他建筑拆除，独留下巴黎大皇宫和埃菲尔铁塔这两座建筑，作为法国及巴黎的象征。

同期在巴黎出差的朋友也被它深深震撼。他说：“在这里召开的世界博览会似乎从未结束，而这场博览会又仿佛涵盖了人类知识的所有领域，每一个领域都能在这座城市里无限延展下去，中间任何一点‘边角料’，都能让人穷尽毕生精力去发掘。”

如今，巴黎大皇宫常常承办各种时尚发布会和重大庆典。这一次，它成了“跳跃，爱马仕”马术障碍赛的场地。

建筑被布置一新，阳光透过玻璃屋顶照射到场地上，洒在五颜六色的装饰品上，呈现出不属于地球的景色——尽管观众席已经被热情的地球人坐满。

此次在巴黎待三天，就是应爱马仕之邀，观看这一顶级赛事。

爱马仕马术赛

赛场上，选手需要在尽可能少的时间里完美地越过这些障碍物，障碍物的高度为 1.5 ~ 1.7 米（我们在中场休息时曾走到场地中亲自测量了障碍物的高度和距离）。

你可以想象，一次次，重达500公斤的马带着骑手一跃而起的景象，几乎是神话电影里的慢镜头。

但是在想象之外，近距离地观看马术，和电视直播带来的感受完全不一样。

电视直播中的马，是城市生活之外的山野之物，意外闯入了现代生活。它们在镜头中跳跃、奔跑，仿佛是电子游戏中的画面。

现场看到马在跳跃和奔跑，会让人进入一种静谧的氛围中。在这个氛围中，场外的一切动作都停止了，人们把唯一的镜头留给赛场上的骑手和马。骑手优雅地调整自己的姿势，马结实的腿部肌肉、整齐的鬃毛、明亮的眼睛……它们的全身在闪闪发光。没有人打扰比赛中的马，没有人开闪光灯，因此马蹄踏在沙土上的声音清晰入耳。最后，无论成绩好坏，每一位骑手都会在离场时拍击马的脖子，感谢对方的配合。

此时，掌声总是连绵不绝。

如果不是亲眼所见，我无法相信人和马可以如此信任彼此。他们并非是驯服者与被驯服者，而是合作伙伴：不是人在“驾驭”马，而是伙伴之间共同协作。

从 2010 年起，到现在为止，“跳跃，爱马仕”马术障碍赛已经举办了9届。这是少有的“CSI五星级”专业比赛，观众看到的参赛骑手，很多都是奥运选手，代表着全球马术障碍赛的最高水平。爱马仕对马术比赛如此重视，是因为它知道自己的来处：没有马，就没有爱马仕。

房间

“马是爱马仕的第一个客户。”

熟悉品牌的人都知道，在创始之初，爱马仕为马铸具。爱马仕从1837年在巴黎开设首家马具店以来，就一直以精美的手工和贵族式的设计风格立足于经典服饰品牌的巅峰。

我们一行人从大皇宫出来，步行去著名的圣特娜福宝大道24号爱马仕总店，全程只需要15分钟。我们的首要目的不是去购物，而是前往楼上的爱马仕博物馆。

爱马仕第三代继承人埃米尔－莫里斯·爱马仕对于艺术品十分热衷，拥有无数的私人收藏品，这些珍品保存在爱马仕博物馆。他对属于马的黄金时代的一切相关物品都非常热爱，所以藏品几乎都和马有关，例如雕塑、挂毯、书、玩具等。此外，我也有机会亲手摸到了世界上第一个凯莉包，它有着永远不会过时的质感和款式。

即使作为常人，我也被屋子里的藏品深深打动，并获得灵感（同行的人都不是第一次来，却“每次都有新的发现”）。

爱马仕文化遗产部负责人埃米尔－莫里斯·爱马仕带领我们参观，她是那种浑身都汲取了爱马仕精神的女士，优雅、美丽、沉着。只见她蹲下来打开一个装满酒具的行李柜，将器具拿出、展示、放回，每一个步骤花费的时间都是相同的。然后，她按下窗帘的按钮，站在一旁等待窗帘徐徐拉开，好让户外的阳光洒进这个布满了珍藏品的房间，但阳光好像刻意放慢了速度。

她对我们说："马是爱马仕的第一个客户。"

你可以推测，她这一生对着访客说了成千上万次，但每一次将这句话说出口，都像是第一次——从容不迫，自豪而又兴奋。

所有藏品都体现了惊人的匠心，说是手工艺的巅峰毫不夸张（可惜博物馆内是不允许拍照的）。一直以来，因为无与伦比的品质，爱马仕始终受到贵族、精英的青睐。时代变迁，爱马仕的足迹已遍布全球，不变的是传统手工艺作为爱马仕品牌价值的体现。

维持不变的品质，单是做到这一点，已经很不容易了。更难的是，他们总是能从马的身上找到源源不断的灵感。

晚宴

我对时尚作家戴娜·托马斯的观点深信不疑，她评价爱马仕是现存的少有的真正的奢侈品牌。托马斯在科普读物《奢侈的》书中多次证明自己的观点，而我印象最深的却是一则传媒消息：有一年，爱马仕在埃及举办发布会，继而邀请媒体前往埃及体验了几天几夜，时间充足，目的是让记者们充分获得灵感，写出视角独特的新闻稿件。

有一段时间，我曾经非常羡慕那些参与了这一行程的人，认为他们获得了充足的时间和灵感。直到我在此度过了周末，才发现自己有了一次更加美妙的行程：了解了一个顶级品牌的源头。

从马术到博物馆，这一切都指向了爱马仕的精神本质、故事的本源、一切的起点。

晚宴开始的时候，穿戴整齐的我已经准备放肆庆祝这个周末，却没想到发生了更加让人惊喜的事情。

餐桌被几个巨大的圆形幕布环绕，幕布上有时候是星空，有时候是飘着云朵的蓝天，有时候是太阳升起的早晨，有时候是夕阳西下的黄昏，这一切都是配合着餐桌上的食物而改变的。

飞马形状的云朵或是立体几何图案在天空背景中升起时，来自比利时的女歌手在舞台上唱起了欢快的歌谣，而不是庄严肃穆的歌剧或是文艺演出。

晚宴中所用的餐具都是爱马仕定制的，但并非因为它们精美绝伦或是价格不菲才让人印象深刻。这些做工精美的细节之处，恰恰体现了品牌的一致性（对了，想想爱马仕遍布各个城市的经典橱窗设计）。这让你相信，这个历史悠久的品牌从来没有“变老”，或是一味紧随潮流——它总是为你带来灵感，并散发着未来的气息。

事情到了这一步，还有谁会不喜欢爱马仕呢？

巴黎人

“当你看过真正美好的东西，才会建立起自我的标准。”

我上一份工作是在时尚杂志任职，当时的老板曾经郑重建议过我们：“应该多去看看、体验一些好的东西，防止自己变得狭隘。”

在爱马仕博物馆的那个下午，我突然想起了这句话，也想通了一件事。

今天的巴黎人何德何能，好像什么都没做，就继承了如此珍贵的历史遗产。

你可以误以为他们什么都没做，但事实是，没有人比他们更适合继承这些遗产了。为了获得那种“真正的美好”，巴黎人不需要买一张机票到另一个城市，甚至不需要刻苦学习，他们赢在了起跑线上——因为他们就生活在其中。

巴黎人关于美好的标准，是从出生起，在那些街道、河流、公园、建筑、诗歌、艺术中建立起来的。

在游戏中，这是一种犯规的操作。但是，从对老建筑改头换面建造的时尚酒店到福宝大街两旁，从那些推陈出新的奢侈品身上，你就会发现巴黎人和过去的关系如此紧密，却从来没有被过去困住。

巴黎的初雪

伦敦有雪，柏林寂静

我经过卡多根广场附近的道路，夕阳正照在周围公寓的墙壁上，闪着庄严的金色光芒。这是连续一周的雨雪天气后第一次放晴，却一点儿都不暖和。

正值初春 3 月，我觉得伦敦不是属于我的城市。这一切归咎于阴冷的天气，它带来了糟糕的光线、糟糕的路况、糟糕的心情。我不禁要问：那些常住在这里的人是如何生活的？

传说在北欧，冬天夜长昼短（有的地方甚至有极夜）的时候，国王会给全民发放香蕉。因为香蕉里含有一种能够让人愉悦的物质，他们相信这种物质可以抗击长夜带来的抑郁。然而，伦敦人靠什么度过阴雨绵绵甚至大雪纷飞的日子呢？

有可能是靠他们自以为是的英式幽默。在我认识的英国人里，有的人的确对这种能力引以为豪，虽然这种能力的精髓是——自己觉得幽默就够了，观众的反应则完全不用放在心上。

不过，在这么糟糕的状态下，我却得到了老朋友的照顾。前同事Ceci带我到邦德街附近的时装店买了衣服。我告诉她："这就是和你们这些时尚博主购物的坏处——容易把钱彻底花光。"而刚刚在伦敦安顿下来的梁爽则带我到伦敦游逛，这个区域充满了一种神奇的力量：我每一次来，都像从前没有来过。

伦敦希望凭借创意产业复兴东区，将原来工人阶层聚居地改造为文化创意产业基地，将成片的工厂建筑改造为开放式工作室、时髦的公寓。在这里，西区的高贵优雅丝毫未见，而保留了嬉皮、朋克、摇滚等混合的味道。

每次到访伦敦都不可避免地来到东区，不过，下面六个地方的确是我最新到访的。

好兜帽肖尔迪奇店

伦敦窗帘路 151 号，邮编：EC2A 3QE

2007 年成立的好兜帽（Good Hood）是一个屡获殊荣的多品牌零售商，销售男装、女装、生活方式用品等超过 200 个品牌。他们的目标是培养人们对舒适生活方式的独特视角，即致力于创造受文化流动影响而不是受时尚产业潮流影响的与文化相关的产品。

类似的集合店铺遍布全球，尤其是斯德哥尔摩、哥本哈根或是东京这样的城市。这个引领全球潮流的多品牌零售商每天都在进步，比如为自家店铺拍摄每季新品特辑，找来插画师设计趣味海报，为所代理的品牌形象制作造型图。除此之外，他们和各品牌合作推出的产品一直保持着惊人的更新量。

他们在肖尔迪奇区的店铺早在 2014 年就开业了，但是从来没有落伍。肖尔迪奇店总共有两层，地面一层经营服装、杂志和配饰，地下一层则经营日常生活物品。

这家店和其他地区的店铺有什么区别呢？我觉得这和肖尔迪奇区与伦敦其他地区的区别是类似的：你周围都是年轻貌美的男孩和女孩，他们看上去活力四射，经常和店员交流自己对时尚的看法——这也是一种购物体验。

肖尔迪奇 Ace 酒店

伦敦肖尔迪奇高街 100 号，邮编： E1 6JQ

经朋友推荐，我在肖尔迪奇 Ace 酒店体验了两晚（原定是肖尔迪奇霍克斯顿酒店，但考虑到我将在巴黎入住霍克斯顿酒店，就放弃了）。

从西雅图起家的这家连锁酒店，将住宿、活动和办公集于一体，主要服务于年轻创意人群，最大的特色是“反标准化”（大概是因为创始人受够了标准化的商务酒店）和“本地化”，即充分体现酒店所在地区的文化氛围。

虽然创始人的初衷是打造不太昂贵的精品酒店，但如今这家酒店的价格并不算便宜，房间里的一切都需要付费。迷你吧则被分散到房间的每一个角落，并不仅仅是一个“吧”而已（可以说是很“反标准化”了）。

餐厅是对外开放的，有很美味的英式早餐——能够把那么无聊的早餐做得如此好吃，真的很不容易。大堂则被划分成办公区（允许不住店的客人到这里办公、社交）和咖啡厅，对外售卖咖啡和食物。

不过，看到楼下办公区、咖啡馆、艺术展里那些活力四射的年轻人，一到晚上就自发地加入派对，你就知道这家酒店的核心竞争力是完美地融入了社区，这是属于伦敦东区的，他们是很酷的，是真正年轻而充满活力的，你再长 5 岁就不能融入其中。

视觉系艺术书店

伦敦肖尔迪奇大街 69 号，邮编：EC2A 3AY

其实这是一家小得惊人的书店，通道只能站一人，移动起来非常麻烦。

书店成立于 2001 年，售卖当代视觉艺术和视觉文化方面的书籍，还有时尚、平面设计、建筑、摄影、美术、视觉与批评理论等方面的杂志。一家好书店的标准是什么？我认为书店的好坏和面积是不相关的，好的书店意味着书店主人应该拥有很高的选书水准，而且店内的图书陈列要有逻辑性。

在这家面积不到 20 平方米的书店里，放眼望去都是我想带回家的书，看得出它们是经过精心挑选放到读者面前的。我甚至专门去看了这家书店的网站（artwords.co.uk），发现他们经常在博客上给新到的书和杂志撰写宣传文章。

最后，我从各种艺术书籍中挑选了一本很奇怪的册子，名为《悲伤的地图》。它显然不会为我带来关于文学作品的想象力，但是我相信你也会感兴趣。

作者达米恩・路德通过非常受欢迎的照片墙账号 Sad Topographies 搜集世界上那些让人悲伤的地名（这些地点都是真实存在的），例如抑郁池塘、悲惨湖、痛苦岛、绝路等，然后通过搜索引擎截屏保存下来，让人知道世界上还有这样的地方。达米恩・路德以一种科学精确的方式将这些地图收集起来，甚至为这些地方增加了一个类似“悲伤指数”的东西。

我们还去了很多地方。但是在一些商店门口，我们因为觉得那些东西“看上去好像买得起的样子”，决定不进去了——这是非常值得参考的，当你的目的只是逛街的时候，不要去逛那些“买得起”的商店，一定要去那些“看上去买不起的”商店，这样你总是会在逛街的过程中产生新的灵感。

整个下午，我们一直穿梭在东区的巷子里，直到雨又下了起来。

你听过这样的比喻吗？喜欢一座城市就像喜欢一个人，讨厌也是一样的，不过要彻底讨厌一个人，你需要付出更多努力。努力体现在，你总是不断地给对方“最后的机会”。我决定不再喜欢伦敦（尤其是西区）的时候，是东区带给了我最后这个机会。

天气如此难熬，我从城市机场出发去柏林时，伦敦又开始下雪，我一眼都不敢多看。

……

柏林的天气又是出人意料地奇怪。

飞机在一片浓雾中突然落地，一度让我觉得它停在了云朵上。大雨马上就要落下来，我到达酒店时，感到大堂有一股清新的湿气，那是人们从街道上带回来的。

第二天上午，太阳出来了，但柏林春天的太阳似乎是西伯利亚的产物，冰冷极了，并很快被一阵雨替代了。

没关系，还没有人曾经或是正在向我表达自己对柏林的失望。我上次到访这座“没有英雄的城市”，也是带着深深的眷恋离开的。此刻，整座城市呈现出一种“苏联式的寂静”，马路宽阔，人们看似勤奋地进出公寓楼，四周却没有嘈杂的声音（街道也不嘈杂）。

离开伦敦前往巴黎前，我有极其短暂的三天假期，将在柏林度过。这一趟外出太久，我的头发长长了，正打算在柏林剪掉。

我在网上搜到最近一家最受好评的理发店，需要预约，我在主页上申请，发现联系电话一栏里没有“中国”的选项（其他国家或是地区倒是包括在内），所以无法填写电话号码。我只好打电话问：“你们剪中国人的头发吗？”

对方说：“当然，只要你有头发。”

我抱怨了网站的事。“嗯——那是根据来访的客人增加的。在你之前，我们从来没有接待过从中国来的客人。你来之后，我们很快就会加上去。”他巧妙地回答了我的问题，是个聪明人。他在给我剪头发的时候，告诉我他来自北方，我就问：“那你为什么会来柏林呢？”他说不知道。

还没有谋面的蔡为告诉我，我应该去一个叫甜点沙龙的地方理发，理由是：“甜点沙龙里的男人是法国糕饼师傅，女人是巴西美发师，他们为了天天见面，就开了一个糕饼和美发沙龙混合的店铺。”

这个消息，让我更加确认了柏林的迷人之处，就是那种在寂静之外的迷人之处。

柏林甜点沙龙

柏林克鲁伊茨贝格大街 32A 号，邮编：10997

没有那个浪漫的故事，就没有这个糕饼和美发沙龙的组合。

除了朋友的推荐，我对当地人的评价也很感兴趣，所以我到一些点评网站上查看评价，看到有人说：“埃里克·穆勒（本店主理人）卖的每件产品都是用爱和激情制成的。”

给出反馈的多数是常客，他们生活在这一社区，每周至少光顾一次。夏天，有许多家庭在外面享用他做的糕点，虽然这些糕点都是手工制作的，不像现在那些工业面包店里的糕点那么便宜。

其实蔡为说得没错，我本来可以先到女主人的理发店里剪头发，然后再到一旁吃一块“并非工业生产的面包”。

因为到目前为止，柏林成千上万的关于糕饼店或是理发店的故事里，这个看上去是最有意思的。

猴子酒吧－柏林比基尼 25 小时酒店

柏林布达佩斯街 40 号，邮编：10787

柏林比基尼 25 小时酒店是那种当你在夏天或者秋天来到柏林时，

最值得入住的酒店。酒店位于城市西部，两侧是威廉皇帝纪念教堂和柏林动物园，楼下是时尚购物中心。在房间里，你可以透过绿色的树林看到一旁的动物园。

酒店设计的主题是“丛林”，设计师们把植物摆满或是种满酒店的各个角落，他们称之为“丛林桑拿”，这对于阴沉的柏林来说是相当不错的选择，并且有助于让客人留下来。

但我要介绍的不是酒店，而是位于酒店顶层的猴子酒吧——柏林黄昏之后的绝对热门地点，通常需要排队才能抢到位子。或许因为的确能看到动物园里的猴子，它才得名的。

在柏林的最后一天，我和住在柏林的朋友 Jane 打算在晚饭前光顾这家酒吧，结果发现这里果然人满为患，年轻的男孩、女孩一边热烈交谈，一边等待现场 DJ 或是乐队演出。

这是柏林人的夜生活里最普通的一种，我尚且没有机会体验，至于柏林人那些著名又疯狂的夜生活，仿佛离我更远一些。

灵魂物品

柏林普伦茨劳阿利街 24 号，邮编：10405

现在，让我来隆重介绍一下这家位于柏林中心的概念店，就好像两位合伙人将其隆重介绍给我一样。

店铺内部是一种颓废和老派的酷的混搭风格，非常适合不拘一格的商品。当我走进这家店铺的时候，其中一个创始人奥利弗将门关上，把我吓了一跳。我很快猜测，可能因为平时客人很少（事实证明我低估了他们，两年前这家店还被评为世界上最棒的 50 家概念店之一），所以每次有人来，他们都会很认真地介绍自己的店铺。

刚开始，我们的对话是这样的：

“你叫什么名字？”

“奥利弗。”

“抱歉，是……”

“奥利弗，《请以你的名字呼唤我》中的奥利弗。”

我实在没有见过比这更喜欢追热点的店主，不知道该说什么。幸好我对那些被仔细分类的男士理容用品、西班牙羊绒袜、餐具甚至墙上的艺术品充满了兴趣，开始在他滔滔不绝的介绍中浏览起来。

接着，另外一位店主科内留斯从地下仓库中走出来，向我介绍说，这家概念店的名字参考了《牛津词典》中关于灵魂的定义——“情感或智力的能量或强度，特别是在艺术作品中的展示”。店内的一切都被他们视为艺术品，包括那些真正的艺术品、美容产品、家具、酒类、时尚及家居用品等。

出生在慕尼黑的科内留斯说自己从日本商店中获得了很多灵感。他其实是在日本长大的，离开日本后，他在中国香港待了 4 年，后来认识了 奥利弗，才决定到柏林做一些“有灵魂的”事。

“你们会亲自待在店里吗？”

“通常是的。很多概念店发展到一定规模之后，创始人会雇用一些店员照看店铺，但是——我认为那让店铺失去了一些灵魂。店铺和创始人应该是一体的，如果你到过东京，你就会知道那里有很多经久不衰的店铺都是如此，无论发展得如何，创始人都选择亲自看店。”

我表示了同意，接着对他说："但是你为什么选择柏林呢？"

"我也不知道，事实上柏林是我待过的时间最长的城市。我真的不知道是为什么。"

这真是奇怪。似乎很多人来到了柏林，但又不知道自己为什么会来这里。

这不是我第一次来柏林，从前我已经将那些遍布旅行书的热门地点一一探访过，甚至有朋友当向导，让我比普通旅行者更幸运一些。我喜欢柏林，一个不苍老、有大片树林的城市，同时也是有过伤痛的地方，然而伤痛意味着——历史感。当我意识到这种历史感，基本上就放弃了在媒体上制作柏林专题的念头，因为有的故事是你讲不完的。

但那些远道而来的人，为什么选择留在柏林呢？我离开店铺的时候，科内留斯看到我一脸困惑，自己也觉得很抱歉。很快，他好像找到了弥补的办法，指着正门旁一盏闪烁的小霓虹上的字说："不要忘记……"

"生活。"我把那盏灯上的最后两个字念出来。

在重庆见到了所有我们喜欢的城市的样子

进入重庆市区，就好像进入了一个结构复杂的民间故事。

有意思的是，我对重庆最初的印象也是从一个故事而来的。故事的主角是个黑社会老大，她和她的“年轻男朋友”之间有着看似真挚的爱情，在错落的立交桥下、地下赌场、城市浓雾之间发生了很多故事，折射出时代的波折。

这是我从一本时尚杂志上看到的。当时我还是个大学生，还没弄明白为什么一本时尚杂志会刊登这样一篇报道，却很坚定地坐上了去这个杂志社实习的火车。

飞机降落在重庆机场，离我看到那篇报道已经过去 8 年了。落地前 10 分钟，飞机仿佛在云间穿梭，却很快降落在跑道上。原来那不是云，是山中迷雾。他们都说重庆有很大的雾，雾来雾散，城市变得氤氲、神秘。

酒店在重庆国金中心的高层，这里视野开阔（仿佛看到了全世界的雾），从商场到酒店都是刚建成不久，并不拥挤，也不市井，离我道听途说的重庆相去甚远。因为非常饥饿，我打电话到酒店餐厅订餐，接线员说中餐厨师下午不上班，但是，如果我想吃中餐，可以点外卖，口味更丰富一些。

很出乎我的意料。

后来，我在楼下影院也碰到类似的情况。当时我去买电影票，刚要掏钱，售票员小姐姐说："你直接付款很不划算的，你打开支付宝，我告诉你怎么省钱。"结果80元的票，变成了20多元买的。

我和同事去吃午饭，在鹅岭厂的重庆菜馆，实习生掏出自家做的兔腿，问店家能不能给个盘子装起来。店家说好，然后拿进了后厨。拿出来的时候，才发现他们把兔腿剁成了块，在小碟子里摆好，上面还点缀着一片绿叶。

我们是为拍摄和城市有关的节目而来，重庆是第二站。当然主要工作是由同事去完成的，我来到这里是为了做一些他们想做但我不想让他们做的决定，例如，这个人我们不拍，那个地点我们不拍，那个火锅店我们不拍。

结果我们真的没有拍火锅店，几天几夜的经历，不可避免地缺少了一些东西，但是我不后悔。重庆不是一个只有火锅的城市，我们也没有打算拍出《舌尖上的中国·重庆篇》那样的节目来。

有天下午，工作正忙，大学球队里的学弟问我有没有时间，要请我吃饭。他毕业之后回到重庆进了事业单位，我毕业之后却很少再见到分散到各地的校友。我忙着办事，跟他说下次再吃。

“你是不是不能吃辣的？”他接着说，道出了可能是全校人都知道的实情，“那下次可以去找找清汤火锅。”

然而，我曾经听说重庆人能接受的火锅下限是鸳鸯锅，要是吃清汤的，我们可能要躲起来吃了。

“再说吧。”我有些担心。

“还是可以找找清汤的。”他说。

那几天一直看不到太阳。没有大雾的时候，就开始下雨。南方的冬天，空气还是湿的，雨好像是从周围长出来的，而不是从天上落下的。

去南开中学的那天也在下雨。

我们的采访对象是个刚刚回国的20岁出头的男孩，他说：“必须去我的学校拍拍，王源也是南开中学的。”然后我们上车，从朝天门开往南开中学。车沿着嘉陵江行驶着，他说：“有一年我在国外看到一部电影，里面有个火锅店的镜头是在重庆拍的，我就很想哭。”

他说这句话的时候，我突然后悔没有拍摄任何火锅的画面，却很快被窗外奇异的城市景色吸引了。

有个重庆朋友看到我在社交网络上发表的种种感叹，就告诉我：“来到北京的第一年，心想，世界上怎么会有那么平的城市，但渐渐也发现了平地的无聊。”

为什么说重庆像一个复杂的民间故事？因为楼层、单元、桥梁和道路众多，穿行于其中，才能观察那些细微之处，才能滋养故事发芽。

连续的山路导致我总是晕车（虽然心情总是愉快的）。这样一来，很容易就饿了。

“我都快饿哭了。”车上显示从南开中学回酒店的路程还有20多公里，途经公路和桥梁，又遇到堵车，我在出租车里慢悠悠地自言自语。

司机听到我的话，突然侧身找了找，然后对我说："我这里有一个面包，你可以先垫垫……"

这种"有生以来第一次"的好意，我接受也不是，不接受也不是。

后来我说："我不饿，我骗他们的。"

其实也不难拒绝，我想清楚了，因为陌生的好意比面包管饱。

这时已经傍晚，楼顶上闪烁着黄色的灯光。江面上有一座令人惊叹的桥梁，连接着两岸像白色植被一样的建筑。在桥梁的尽头，有一列轻轨"从容不迫"地驶过。

从容不迫，这是我能想到的生活在这座城市里的人最好的状态，也是我最喜欢的状态。在我喜欢的中国城市里，例如武汉、南京，这种状态总是普遍存在的，它存在于人的生活里，存在于当地人的谈话中，被市井气包裹着，又大方地散发出来。

你可能会问，下次来，等你去吃了火锅，去那些"为什么你这次没有去"的地方，从而更深入地了解了这座城市，这样的感受才是真切的吗？我觉得不是的。

我们总是有机会去往新的城市，却并没有机会再次返回。而那些在匆忙中形成的印象，那些陌生的好意——你已经知道，它们并不是偶然发生的，就已经足够了。

拥抱城市的人

夏天的巴塞罗那是全世界最棒的城市。古老的西班牙北部城市，拥有数公里的海滩，城市中几乎每一条路都能通向大海。午后，市民和游客都走向海滩，和地中海上的明月一起进入夜色，“忘记了一切”。那时，海滩取代了加泰罗尼亚广场，成为真正的城市中心。

很多人的心里都有一个关于城市的排名，这个排名跟每个人的生活和旅行有关。巴塞罗那之外，我的排名里还有五个城市。

少年时代最喜欢的城市是上海，有一年乘坐30个小时的火车过去，一直忘不掉的画面是我刚出徐家汇的地铁通道，就看见了高大夺目的港汇，双腿发软。那时全家人都曾经以我到过上海为荣（去参加作文比赛这件事反而是次要的）。

那列火车仿佛穿越了时光隧道，把我从南方小城带入中国最发达的城市。

我回家后，策划着通过上学、工作等手段最终生活在这里，结果我阴错阳差地考到了武汉。在念书的4年时间里，武汉跃升成那个“城市排行榜”的第一名——再也没有一个城市像你上大学的城市那样，陪伴你度过人生中最快速的成长期。武汉很大，被长江和汉江分割成三个中型城市，三地都是武汉，却有很多差别，巨大的城市，让人觉得开阔、丰富。

我下定决心留在武汉时，意外在学校报刊亭买了一本刚刚创刊的《生活方式》杂志。是这本杂志，把我带到了北京，成为一名杂志编辑。

但在北京的经历可以不用赘述了——因为梦想来到北京的年轻人，故事都是一样的。

杂志工作彻底改变了我对世界的看法。一方面，通过采访和分享，我得以接受形态各异的生活方式；另一方面，也是最重要的，（当时）杂志编辑有很多出差机会，我相对密集地接触了形态各异的城市以及当地的文化，更加坚定了我对“城市”的理解——人类文化的中心。

你知道的，进入现代文明之后，地球上只有一个城市始终戴着“世界中心”的光环。

这个城市就是纽约。

“一定要去纽约啊！”

这样，我在工作中就有了努力的目标——每做完一件事，我就考虑是不是有益于我实现去纽约的这个目标。我用摩天大厦的照片、好莱坞电影和美剧的画面，以及源源不断的想象力，不断雕琢着这个梦想，它变得高高在上、坚不可摧。

但这个梦想的结局是：我的第一次纽约之行并不圆满，那时我因为外出工作，草草“路过”了纽约，无法仔细地研究这个城市的细节，它变得随意、急迫，也从一个美梦变回了现实。

结果，东京变成了我最喜爱的难以取代的现代城市。

我相信如果你到过东京，就会同意我这样的说法，它和世界上的任何一个城市都不一样。东京有盆景一般的都市景观、独特的语言体系（漫画式的）、独特的世俗文化和生活秩序——却常常和漫画中的景象重叠在一起。与其说漫画作为一种艺术，对东京的描绘通常很写实，倒不如说东京就是一个漫画中的城市。

没有一个城市可以像东京一样，呈现出漫画中充满故事感的、超现实的氛围。自从听说东京的出租车也可以用支付宝和微信付车费后，更觉得这座城市无所不能。对于一个旅行者而言，这样的城市会尽可能地让你进入一种脱离实际的生活，从而让你（暂时地）告别过去。

告别过去，大概是我能想到的，你能在旅行中体验到的最佳状态。

不知道你是否曾经认真对待过自己的那一份“城市排名”，至少我从来不会用一种戏谑的态度对待它。对于选择了城市而不是遥远小镇的人而言，排名的变化，事实上反映了他对理想生活的需求也发生了变化——因为单纯的求学、逃离原生家庭，进入一个陌生的城市，到后来在一个城市中工作，开始发展新的社会关系，幸运的话，会遇到知己、导师。城市会让你学会独立，你会拥有一个可以实现的理想，你会接纳自己。

我刚刚做过这样的调查：如果可以选择，你会留在城市还是回到小镇？几乎所有人都选择留在城市。尽管你听过很多让自己心碎的关于失去的故事，但你不能否认的是，一座城市可以让你受伤，也可以给你奖励；你可以带着伤口向前走，也可以带着奖励离开。

实际上，和小城市相比，大城市更有人情味。你可能以为我疯了，以至于说出这样的话，但你很快就会发现，对很多人来说，城市中的人际关系是自己亲手构建的，在城市里，你有更多可以选择的社交场所和交流方式。相比之下，故乡的人情味是基于上一代的人际关系的，在很多情况下，它是（甜蜜的）负担。

城市提供了生活的可能性。我知道很多人希望在城市居住，面对北京的房价都显得很无力，但换个角度来想，北京提供了“除了房子之外的一切可能”。

城市充满了想象力，提供了更多的服务——大部分服务的变革都是从城市开始的。几年前，你不会想到自己可以只带着一部手机就能打车去商场、去餐厅。你可以躺在家里，通过手机应用软件订个外卖，而不是对着外卖单打电话。摩拜单车、爱彼迎（Airbnb）、优步，都是为城市准备的，是城市让“共享”成为一个新的经济名词。

很多人还是小看了自己适应新生活的能力，总会有完美的理由，让自己体面地离开北京、离开上海、离开广州，回到原来的生活中，回到故乡的怀抱中（但人类是不太可能回到洞穴里的——我们一直都在走向平原和更多的人群）。

然而，我是选择拥抱城市的人。

Ⅱ

随笔

来自成都国际书店论坛的小简报

从那不勒斯飞行10个小时，刚落地北京，就转机到成都，分秒不差地赶上“成都国际书店论坛”的开幕酒会。

酒会位于太古里的广东会馆内，我的几位同事提前到了，在我面前，大概由于我是老板的原因，他们像未成年人一样小心翼翼地喝酒，并警惕地物色着周围那些可能会和他们交换名片的来自成都的美丽姑娘和帅气小伙子。

但他们的社交均没有成功。

我则找到了工作带来的乐趣：在主办方的背板、灯牌和各种宣传册上看到了自己公司的标志。我显得非常高兴，意识到自己是盛会一分子——不仅因为我们是名义上的合作伙伴，还因为我对书店有着很深的感情（谁没有呢）。

从前我在杂志社做过两期和书店有关的专题，每次都是花费六七天时间，走访全国各地的书店。最早一次，应该是7年前了，我们做了一期有关国内最著名的一批“书店主人”的专题报道，从杭州晓风书店到南京先锋书店，又到了武汉和上海。当时到上海拍摄开在地铁站里的季风书园，又正好赶上书店搬家，我们都以为自己见证了“历史性的时刻”。

当时连实习生都怀抱着那种拯救书店业的使命参与进来了。没想到自那之后，这种危机感蔓延到了传统媒体业。

而时至今日，一些新形式的书店反而变得欣欣向荣。

第二次拍摄，我们就来到了成都。当时走访的是方所书店和无早书店，一大一小，完全不同的风格。那一次还弄丢了一个实习生——因为没有交稿，被我大骂一次，然后她就消失了，直到我威胁说要报警，她才出现。

后来我们再也没有合作，我还是喜欢跟专业的人合作，为此我还警示了现在的同事。

有三位同事被我从公司拉来成都，尽可能地帮我采访更多的书店从业者，以便带来更多一手的行业信息。

我还曾经开设过名为《悄悄逛书店》的专栏，在书店行业悄悄变化的时候，我也希望以普通顾客的身份记录那些变化——书店主人们是如何运营一家书店的，他们为读者带来了什么样的体验。

成都国际书店论坛已经举办了三届了，这一届是在方所书店举办的，主题是“书店如何塑造城市风格”。这加深了我对成都的喜爱。你知道，有书店的城市，一眼看上去，就是比没有书店的城市讨人喜欢（但又有谁会不喜欢成都呢）。

更重要的是，互联网时代，只有当一个行业的从业者能够坐在一起的时候，你才能够看到它的活力。

前两天的会程过半，来自世界各地的书店从业者分享了书店和城市的联系——从头到尾，没有人说要“拯救”书店业，似乎大家又变得自信起来。

MONOCLE 杂志亚洲区主编分享了一个重要信息，即每年这本杂志都会评选全球 25 个最宜居城市，从 2016 年开始，他们首次将城市中“独立书店”的数量纳入评选指标中。

对喜欢《悄悄逛书店》的人来说，这一切都是好消息。

我们现在谈论书店，已经不是在谈论一个等待被挽救的行业，而是那些决定把书店变成“理想书房”的书店主人。他们把最多的精力用于营造一个更适合阅读的空间，打造一种安静但绝对不单调的生活方式，而不是简单地销售一本书、一件商品。

我感觉国内书店和国外书店的差别还是挺明显的。并不是国外的人比较爱读书，书店业繁荣，而是国内书店业的顶尖成员缺少年轻参与者，大哥们和大哥们玩，小清新们和小清新们玩，没有互动。

比较突出的差别是，国外书店比较务实，卖书、卖杂志、卖周边，服务读者，构建会员系统；国内书店比较看重形式，去哪里开了旗舰店，书店有多大，设计成什么样子，是不是又被评为“中国最美书店”了，倡导了什么生活方式，邀请了哪些精英……很多书都变成了“书架上的砖头”，大型书店尤其如此。

我真的不太喜欢建筑形式感太强的书店，书店不是现代艺术博物馆、奢侈品旗舰店式的体验中心，而是可以被管理和运营的为读者服务的地方。书店里的书卖不出去，未必是所有的书不好看了，人们都用 kindle 看书了，而有可能是书店里的“编辑”消失了。

我一直相信有什么样的读者就有什么样的书店，在这一点上，看起来形式感不强的国外书店做得更好一些，一些柏林杂志设计书店的目标就是把那些时髦的年轻读者招揽进来，而国内很多书店都不知道自己的读者是谁、在哪里。

所以，我非常希望懂互联网，也懂文化、生活方式的年轻人加入这个行业。我自己也有开书店的愿望（谁没有呢），却没有十全十美的经营管理模式，还需要做很多功课，持续学习。这是我来到成都的另一个原因。

总之，论坛的目的是互相交流。有交流的场所，同属一个行业，大家才不会觉得自己是孤军奋战——这也是成都国际书店论坛的迷人之处。

秋天下午6点的太阳在上海中心发光

车刚从虹桥机场开出来，司机就嘀咕着上海要有暴雨了。仅仅过了5秒，车窗就被雨点打湿了。

“你看，说来就来了。”他按住手机，给家里人发语音信息，“下雨了，你不要忘了收被子哦。”

你能够想象得到，这条语音将发送到某个晒着衣服、被子的弄堂或是街道，司机的家人收到信息后，立刻把被子收回到家里，而且街坊邻居也是这么做的。

这个日常的画面，让我想起这几年来那些上海读者的留言，虽然只是用文字表达的，但很多情节却历历在目。

例如，有人说，“陕西南路附近有个小区，后院有棵美丽的粉色山茶树”，后来我每次经过陕西南路，都会朝那些小区里望一望；有人说，“一个大个子金发美女在苏州河边上呜啦呜啦地对着电话讲法语，挂电话前来了一句‘再会哦’”；有人说，“随便一个便利店就有我喜欢吃的那种雪糕”；有人说，“住在静安区这两天，看到街上的男人们穿着打扮很得体，让我觉得这里一定是个好地方”……

每一个城市都是一个层次分明、丰富多彩的小世界。

也正是这篇文章，让我冒出这样一个念头：要不要把公司搬到上海来？

我并不是说现在待的城市不好，也不是真的要搬到上海去，而是因为我有了这样一个念头，它总会冒出来。因此，我到上海时，总会跟认识的人了解这个城市的一切。每当聊到工作和生活时，我会“偷偷摸摸”地（仿佛在躲着我深爱的北京）说：“我觉得啊，上海也挺好的。”

通常就会迎来坚定的目光：“就是的呀！你快来！”

已经进入9月了，上海还不是很凉爽，温暖而湿润，充满着夏天那种特有的暧昧气息。

我从静安寺步行到长乐路，也不过20分钟，最后和Sissi在一家拥挤的西餐厅见面。自从去年在北欧一起出差后，我们就再也没有见过面。她表示，这是她的“秘密餐厅”，一下子就让我感到受宠若惊。我也用过这个词，觉得这个餐厅是那种你自己常去，却不愿意和外人分享的餐厅。

我猜测，我们之所以能够分享这个“秘密餐厅”，完全是因为她和我一样，都度过了艰苦的一年。她听我说完今年的新计划，笑着说：“我为你感到高兴！”

随即，我听着她说自己是如何克服了一切工作和感情上的困难，最后在上海这座城市里自在地生活的。

她说："很多在上海的女生都是这样的，很重视自己的工作，特别讨厌不专业的人。然后呢，一定要有自己的生活。"

"一定要有自己的生活。"这个关键的指标，大概解释了为什么上海的餐厅总是比别的城市的要好一些。我隔天去酒吧的时候，竟然也相信了这个说法，觉得上海的酒吧也更好一些。

我第一次去那家藏族人经营的酒吧，是和前同事 Ben 一起去的。他马上要离职了，我们觉得必须去喝一杯才行。他说："我发誓，这一次是真的，跟前几次不一样，我要去旅行了。"

延平路上的酒吧，有一个日式的吧台，架上摆满了日本生产的酒，不断有人走进来，店员很开心地跟他们打招呼。虽然我点的是汽水，但他们也充满热情——之前我曾经无数次在其他城市的酒吧里遇到过类似"为什么你要来酒吧点汽水"的目光。暂时没有客人需要招呼的时候，女店员就突然唱起藏族歌曲，声音盖过其他人的欢声笑语。大家都很开心——可是，有什么好开心的呢?

我环顾四周，意外地发现另外一个北京前同事坐在吧台的另一边。我们曾经在工作上和她产生过矛盾，我已经删了她的微信。在这个尴尬的时刻，我想要不要换个地方，又担心自己认错了人，于是对 Ben 说："你看，那个人是不是……"

我话还没有说完，他立刻就冲了过去。

我记得，我和 Ben 上次见面是在米兰，当时我们都在出差。那天晚上，他和一对德国情侣一起喝酒，等我和他们坐到一起时，才发现他们是在下午刚认识的。我就知道，他有着惊人的社交天赋。

此时，在上海的酒吧里，他迅速地和我们共同的前同事拥抱在一起。我被汽水冲昏了头脑，暂时失忆了，也过去和她拥抱了一下。我能感觉得到，她发自内心地说："我们真的好久好久没见了！"

她从北京来到上海，后来离职了、结婚了。丈夫从美国回到上海，他们决定在崇明岛租一间大房子，作为他的工作室。他提出，不能浪费崇明岛广阔的天地，除了艺术创作，他还要在家中酿啤酒，也许卖不了，因为老婆可能会把它们喝光。她正在戒烟，丈夫和她立下了契约：自己不能买，如果碰到朋友身上带着，她可以抽一支。她记得，我们一起工作的那段时间，我的胃不是很好，她就告诉了全公司的人，只能喝粥或是吃面条，大家都很震惊。

"现在听到你说自己没事了，我真的很高兴。你一定要好好照顾自己。"她说。

我在上海认识的人都为我高兴过了，这其中包括我自己开的公司里的第一个员工雅清。她离职之后来到上海，大概因为担心我怪她，所以一直不敢联系我。

上午11点，雅清把我带到安福路的咖啡馆里，那里已经坐满了人。长满梧桐的街道，是网红店集中的地方，如果不是工作日，这家咖啡馆需要排队才能进去。

为什么上海的网红店这么多呢？我想起Sissi曾经举起自己的手机说："上海呀，一定要时髦的。我们都有各式各样的信息源，知道这座城市里有什么新鲜的东西。"

在太阳底下，这顿午餐因为雅清送给我的*MONOCLE*出版的秋季

我们都喜欢的 *MONOCLE* 报纸

报纸而变得非常美好、惬意。所以这一次我坐在窗前，不再偷偷摸摸了，而是大声地说："我觉得啊，上海也挺好的。"

报纸是她前一天在香港旅行时买的，她知道我喜欢 *MONOCLE* 的一切。我就问她："旅行顺利吗？"

"就随便散散心。"

"现在的工作怎么样呢？"

"还不是很清楚自己想要什么。"

"平时和谁一起出去玩呢？"

"没有，都是我自己一个人。"

"那现在身体还好吗？"

"吃得不是很多。"

她建议我，趁秋天还没到、叶子没有落下来的时候，在附近的梧桐树下走一走，不一定非要做什么事，但是一定会觉得特别舒服。她自己一个人的时候，就喜欢这样做。附近街道上那些小小的商店，也是她喜欢的，她经常去逛。

我没有时间散步了。车开过去的地方，都能看到梧桐树的绿荫，我觉得很美，已经满足了。

突然想起我第一次到上海来，都快进入冬天了，地上都是树叶，我从华山路走到泰安路附近，两旁都是没有树叶的梧桐树。我当时对自己说，一定要在夏天的时候到梧桐树下走一走。可惜，没有去过。

想来想去，我觉得虽然自己已经不是她的老板了，但有做长辈的义务。我把雅清送到衡山路地铁口的时候，对她说："你不要着急，

远望浦东，有着属于上海黄昏的金色光线。

工作的事情慢慢来，先把饭吃好。”

“好的，强哥也要照顾好自己哦。”

随后，她下了车。

之后，我和另一个朋友索马里碰了面，没有什么新奇的事发生。她除了是朋友，还像我的亲人。我感觉，就好像家里没做饭，姐姐带着我出去，随便吃了个午饭。她非要带我去上海最有名的卖花蛤面的餐厅吃饭，可是我不想吃海鲜，所以就点了一份牛肉面。

她也是几年前从北京来上海的。在我们一群朋友的严格审核下，今年她终于和一个工程师结婚了。我们都去过她的家里，离市中心还挺远的，所以她每天要坐很长时间的地铁来公司上班。在地铁上，她会见到形形色色的人。不管怎样，她在上海找到了家——这是成千上万人在这座城市的终极梦想。

后来我回到酒店，又饱又疲惫，就睡了一觉。

一觉醒来已经快6点了，从静安寺往浦东的方向眺望，看到上海中心刚好被夕阳照亮。我彻底被迷住了，它比海市蜃楼还要迷人，仿佛是世界上最高最亮的灯塔。

我上次到上海，是在夏季的某一天。那时候我的生日已经过去一周了，但几个朋友一定要在上海帮我补过生日，因为这个生日比较特殊：我 30 岁了，这是人生新阶段，一个有着象征意义的高大的门槛。我们 6 个人，加上索马里的新婚丈夫，一起去一个西班牙餐厅用晚餐。

我记得，那家餐厅里有很多外国人——富民路有的是这种让你仿佛身处异国的餐厅——我们根本等不到圆桌，于是排成一排，坐在吧台旁。等老板把酒给我们端来时，最重要的一幕就出现了。他们纷纷从高脚凳上离开，走到我面前，拍着我的肩膀说话，轮流拥抱我。

很久以前，我从家里出发，坐了 30 多个小时的火车来到上海，住进泰安路一个隐秘的招待所里。那是我第一次出远门，不敢到餐馆里吃饭，一直饿到了晚上 9 点，结果实在忍不住了，摸黑跑出去，看到一家东北饺子馆，进去吃了 4 两饺子。那之后的事情我记不太清了，饺子馆的样子我倒记得很清楚，那可能是上海最好的画面。

这是一个凄美的故事。一转眼过去很多年了，二十几岁我选择了待在北京，在那里认识了很多人，然后这些人带着梦想来到了上海，以至于在我 30 岁开始的时候，我还觉得上海是我心中最重要的城市。

对于很多人来说，上海之所以那么重要，不是因为某些摩天大楼、某一条街道、大受欢迎的餐厅或是别的什么，它们只是这座城市坚硬的外壳；而是因为那些柔软的东西，它们是有情感的，当情感存在的时候，人们才有了联系，这座城市才真正坚不可摧。

什么是柔软的?

是那些站在路边等你坐上出租车的人，是他们温暖的双手，是他们的拥抱，还有那句发自内心的话——

“要照顾好自己哦。”

不野蛮地生长，
也能让你长成美好的样子

| 1 |

向慈善机构汇款之后的第三天，我还是感受到了网络上人们的恶意。

有人在评论区里问我："作为媒体人，为什么不为灾区发声，这种时候还在晒自己的日常生活？"

这样的发问，和从前那些发问没有本质上的区别：

"那件事大家都在说，为什么你一字不提？"

"在这种事情面前退缩，你作为媒体人的社会责任感呢？"

我又气又难过。气的是这么多年来，互联网的情绪绑架从来没有停止；难过的是，人们似乎都习惯了相同的表达方式。

我明白，作为媒体，沉默的确会让自己变成少数派。但事实上，

并不是只有发表了观点，才能展现出你的价值观，相反，沉默的时候，也有可能使自己的思路更清晰。我坚持认为，越是有争议的事情，越不要着急发表观点。

|2|

熟悉的同行听说了这件事，一方面为我打抱不平，另一方面则语重心长地说："我知道你很少讨论最热门的事，总在说自己感兴趣的话题，我也知道你很看重文章的质量，你一如既往地维护着自己的价值观，但你的那些文章，我看得很累。我每天回家，已经很累了，已经没有精力进行深度阅读了。我不敢打开你的文章，它们对我来说太重了。我宁愿去看明星八卦、垃圾短视频，哪怕是充满口水的文章，也不会给我带来负担，反而像打了一针鸡血。我觉得，你可以试试……"

我打断他说，我特别理解，但是我不太可能因为你"只看得进"垃圾文章，而去"制造"这样的文章。

|3|

时间过得很快，我已经离开杂志社 3 年了。

我还记得，当时一切都很顺利，无论是从流量还是广告的角度来看，杂志的新媒体部门都在蓬勃发展。然而，我意识到，纸质杂志的时代已经过去了，互联网的流量成了衡量内容创作的重要标准。

我在给老板的离职信里非常坚决地写道：离职不是为了获得更理

想的工作，而是为了成为自己想成为的人。

到今天我也没有后悔过自己所做的选择。

很大程度上，我是从另一位朋友的故事里汲取了能量。她放弃了杂志记者的职业，去图书出版行业做了一名编辑。她说是因为自己真的喜欢文学。

我们觉得她疯了，因为那是一个“下沉”的行业，而且她必须从头开始。

我们甚至开始“诅咒”那些影响过她的作家、文学创作者——他们从我们手里夺走了一个优秀的媒体人。

我去过她在上海的办公室，一个被书包围的工位，安静得可怕，和金碧辉煌的时尚杂志社的办公室有天壤之别。

然而，在这样的环境里，她找到了内心的平静。

她跟着老师一边做翻译一边学出版，“不发出一点声音”。

| 4 |

过了几年，包括杂志在内的传统媒体，已经被新媒体冲击得体无完肤，与此同时，很多新媒体作者凭借一个又一个 10 万 + 的点击量一夜成名。

但她蛰伏了很久，才从那堆书里走了出来。

她成了“那不勒斯四部曲”的中文版编辑，一年时间里，经过缜密的策划和营销，她将 21 世纪最伟大的文学作品带给了中国读者。

这套书登上了几乎所有畅销书和编辑推荐的榜单。

前几天我在《第一财经周刊》对她的采访里看到这句话："出版界没有一夜成名的故事。"

过去，我认为这种故事只会发生在那种戴着老花镜、满头白发的老编辑身上。然而，没想到现在会发生在这个年轻人身上。

| 5 |

你觉得一个人在往后退，其实对方只是在寻找比其他人走得更远的方法。

仔细留意我的周围，发现很多人都是这样的。

我上周和一个做零售的朋友聊天，也说到了这件事。她和她的合伙人是国内最早做时装买手店的。

我提到，这几年的创业氛围和投资机构的帮助，催生出了越来越多的线下零售、买手店、时装品牌，它们的发展速度非常快，很让人羡慕。

她却说，他们原先希望在更多的城市开店，但是以后他们打算只把店开在上海。这样，他们就可以更好地控制品牌开发的节奏。真正有内涵的好品牌，需要足够的时间去创造和经营，也需要时间来进行自我定位。

"我们会继续做下去，但不打算往前冲。"她说。

我还是那句话：你觉得一个人在往后退，其实对方只是在寻找比其他人走得更远的方法。

在资本的驱动下，品牌可以用非常野蛮的方式不断发展。这是一种现在流行的方式，但不是唯一的方式。

| 6 |

我也不是那种一口气往前冲的人。

走得慢，未必是抬不起脚，而是走着走着，我需要停下来，休整一段时间。

我之前提到过，我曾经在瑞士的山间住过一家迷人的酒店，那里房间的窗户对着湖泊和雪山，晨间有雾，夜间有歌，是我的终极梦想之地。

事实上，我是一个年轻人，绝对不是一个拥有“老灵魂”的人，但我希望在这样的地方好好休息一下，获得一种平静。

过去几年里，我追逐梦想，充满激情地创业，很少有机会拥有安静的时刻。

有意思的是，我后来得知，这里曾经是黑塞居住的地方。

读过黑塞作品的人，应该知道他有种独特的魅力。一个人平步青云、汲汲于功名的时候不会想到他，可一旦挫败感、空虚感、无聊感袭来，首先就会想到这个“采菊东篱下”的德裔瑞士人。和那些表现现代式迷茫情绪不一样的是，黑塞的小说有明确的指导意义，他书中那些年轻的主人公不管多么彷徨，灵魂最后的归宿总是一些世外桃源般的地方。

此等景色，再加上作家黑塞的激励，让我觉得，在此常驻、写作将是我的人生目标，因为这里有一种能让人安静的能量。

| 7 |

没有比这个时代更需要安静的人。

这是一个怎样的时代呢?

这是一个我们一出生就什么都有、什么都能得到的时代，在这种条件下，很少有人会去考虑提升自己的内在，获得更大的成就。这不是一种积极地和我们这个时代相处的方式。

年轻人有时候需要抛去青年狂放的念头，给自己一些时间，找一个合适的场所，关注自我内在的成长，思考自己和这个时代的关系。

我也在创业，也在创立自己的品牌。我要感谢我身边的年轻人，因为他们在我遭遇互联网的恶意抨击时，走过来拍拍我的肩膀安慰我，而且他们自身非常坚定，一直鼓励着我。

我们不能够变成那些跑得很快的人，不能变成那些喜欢热闹的人。但是，不野蛮地生长，也能让我们长成美好的样子。

因为我们都是坚守内心的人。

重看《九月刊》

我第一次看《九月刊》是在2010年，我对时尚行业最初的了解大多源于此。不得不说，它对我产生了很深的影响。后来，我在豆瓣上看到一句备受称赞的评价："时尚，是量产的美丽。"就是这句话激励我成为杂志编辑。

虽然时装并不是我最直接的工作内容，但专题部门总是会和时装部有合作，从这个方面来说，我和纪录片导演R.J.卡特勒有着相同的视角：从外至内。

"我对她了解很少，换个角度来说，这是我的优势。因为我对她一无所知，以及对时尚界陌生，使得我纯粹出于好奇，被她吸引，成了这部片子的导演。"R.J.卡特勒此前曾获得过"艾美奖最佳纪录片导演"，他在采访里说的"她"就是时尚界大名鼎鼎的安娜·温图尔，*VOGUE*杂志美国版主编，她也是《穿普拉达的女王》中的"恶魔"原型。

2009 年上映的纪录片《九月刊》，历时 3 年筹划，摄制组进驻位于纽约时代广场的 *VOGUE* 编辑部，跟拍长达 8 个月，记录了（当时）最具分量的九月号 *VOGUE* 杂志由企划到付印的全过程。

那绝对是时尚杂志的黄金年代，纪录片的主角们包括了当时在 *VOGUE* 美国版已任职长达 20 年的安娜・温图尔、创意总监格雷斯・科丁顿以及围绕在她们身边的时尚编辑团队。

那个时候，类似星巴克这样的品牌店面里甚至还没有无线网络。但是看看今天，无线网络已经被认为是咖啡馆中的基础设施。互联网不仅改变了在线商业（互联网自身），也改变了线下实体，即那些普通咖啡馆、高端百货甚至时装秀场。

正因为传播媒介从印刷品变成了互联网，所以时尚潮流的传播渠道也发生了改变。

渠道被改变，意味着生产方式将会被改变——经济范畴的变革都是从生产方式的改变开始的，也就是说，精神上的宿命论和奢侈品的方法论都不能阻止时尚产业发生彻底的改变。

时隔久远，但我的确看到了不一样的东西。例如，纪录片开始不久，*VOGUE* 出版人汤姆・弗洛里奥在镜头前骄傲地表示："我们推什么，什么就火。"然后，在经销商年度早餐会上，内曼・马库斯百货商场总裁伯顿・坦斯基希望和安娜・温图尔协商解决供货的问题，因为设计师的产品发布之后，供货跟不上，顾客买不到他们喜欢的东西。其间发生的事情我们无从知晓，但让我们没有想到的是，自 2016 年开始，各大品牌陆续尝试"秀后即买"模式，传统时装屋都在积极尝试和互联网联手，或是一同冒险，共同盈利。

还有一个镜头是安娜·温图尔和女儿在家里翻杂志。她非常自豪地展示了当年是她让第一个黑人登上了这本杂志的封面，也是她第一次让明星取代模特，成为时尚杂志的封面人物。仅仅凭借这两项创举，她成为引领时代潮流的人（她自己这样认为）。

然而，她的女儿在事后的采访中表示自己不想成为这个行业中的一员——这个我们口中的“千禧一代”，安娜·温图尔“在这个世界上唯一的弱点”，直接表达了自己的态度。“把时尚当成工作，太奇怪了。”在镜头里，她女儿一直在打哈欠，然后说：“世界上还有其他事情可做。”

这就是一个从小就对时尚耳濡目染的人对时尚的看法。恰恰是她这一代人见证了时尚运动发生地的变动：从线下转到线上。时尚杂志逐渐习惯了用当红的年轻偶像，这样做更加能够带动销量，也使得读者更加关注明星拍摄封面的事情。超模们也变成了社交网络中的明星，而非那些真正“用作品说话”的人。

这一变化备受质疑。但是，如果你对照历史，就会发现“用明星当封面人物”也不过是在近20年间发生的事情。而让这一切发生的人，就是安娜·温图尔，也是她让吉吉·哈迪德登上了如今的*VOGUE*封面。

不能否认的是，安娜·温图尔把握住了“时代的脉搏”，她没有抗拒时代，而是对时代做出了反应。

“时尚不能往回看，你总是要向前看。”她在纪录片的尾声说。

如今，被社交网络拥护的人，更有可能坐到时装秀的前台，更有可能获得某品牌的代言合同，也更有可能为自己“发声”，传达自己的时尚态度——尽管过去这种态度是由时尚媒体来完成的。当然，这些人也更有机会和安娜·温图尔合影。

事实就是，今天的时尚已经不只是（或者不再是）“量产的美丽”。拜互联网所赐，名气终于迎来了可以被数字“量化”的时代：时尚，变成了美丽的流量。

《九月刊》首映距今已经过去11年，但其实画面里的一切都像发生在昨天，或许*VOGUE*办公室里的每个人为我们展现的那种快节奏的工作状态始终未变。今天，安娜·温图尔还是时装圈的领导者，但才华横溢的创意总监格雷斯·科丁顿已经退休了。

重看了一次，我从那些看似是配角的人身上看到了更多的东西。出版人汤姆·弗洛里奥在《九月刊》的动员会上兴高采烈地告诉大家：“这将是有史以来最厚的一期*VOGUE*。”

他还说：“我们需要推陈出新，我希望在座的各位能够把*VOGUE*当作一个品牌，把它当作整整114年后首次面世的商品来销售。”

这句至关重要的口号，代表着一种对杂志核心价值有着高度认同的团队精神。可惜，这句话的重要性当时被安娜·温图尔的主角光环掩盖了。可以想见，正是因为她的周围有汤姆·弗洛里奥这样的同事，作为一个内容品牌，*VOGUE*才能在如今的媒体环境中有立足之地。

实际上，这也是导演要呈现的。

“安娜·温图尔广为人知的一点是：她有很强的控制欲和决策欲。但人们很少了解到她的另一个重要本领，那就是招揽人才的能力。替她做事的，不是一些只会服从命令的人。”

安娜·温图尔在纪录片的画面中展现出了绝对的控制欲和审美上的强硬态度，为了提高沟通效率，她的表述直接（但不刻薄）又毋庸置疑。这也是为什么很多第一次试图窥探*VOGUE*的人都会对她产生偏见。像弗洛里奥这样的人，在这样一种“强权”之下工作，因此更擅长沟通,并照顾听众的感受——虽然时尚行业中的人并不平易近人。

相比安娜·温图尔，多数人更喜欢格雷斯，喜欢她优雅的举止、风趣的性格，喜欢她曾经做模特的经历，喜欢她可以“对付”一个恶魔般的主编。甚至你都能明显地体会到导演本人对格雷斯的偏爱：他把最温柔的镜头留给了格雷斯，她沉醉在巴黎的花园里，沉醉在忙碌工作中极其短暂的宁静时刻。即使是这样的人，也会在办公室里告诫那些被安娜·温图尔否定的同事：“你必须变得更强硬。”

“不能太善解人意，否则你会满盘皆输。”她说。

我就记得，在出发去时装周之前，安娜·温图尔有些心虚地问格雷斯有什么需要谈的，格雷斯就跟她提到了高级时装项目的预算。“如果预算有限，我宁愿不做。”为了保证质量，她并不希望在制作预算上妥协。

在这个快速发展的行业中，人们从来都不是靠温暖、善良来支撑自己前进的，没有人会因为你跌倒而停下来照顾你。但你能说这是专属于时尚行业的令人厌恶的嘴脸吗？其实,这是全世界的工作法则——你不能太善解人意，否则会满盘皆输。

你可以看到，那些被安娜·温图尔打击过的编辑，总会在她把作品从杂志排墙上撤下之后集中在一起吐槽，但是在那之后，他们还是会去执行安娜·温图尔的命令，由此可见这是一个核心很强的团队。

纪录片传递出了一个信息：那些企图从外部模仿或者编造时尚行业（包括小说、电视剧等）的人，都没有成功。很多人凭借对这个行业的美好想象，企图以业余的方式介入时尚，统统失败了，而那些没有经过训练却大放厥词的人，则备受鄙视。

恰恰是一个被认为浮夸的行业，却出人意料地崇尚专业主义——如果你不够专业，就会被严重鄙视。

本片导演 R.J. 卡特勒在 2009 年的采访中提到，安娜 · 温图尔在第一讨论会的时候出人意料地展现出专业水平和配合的态度。导演希望有效控制纪录片的节奏："如果要拍这部电影，我得知道谁是这部电影的总指挥。最后的剪接必须由我做主，不然这部电影还有什么说服力呢？"安娜 · 温图尔的答复是："我明白。我父亲是记者，我也是记者，这不是问题。"

这部纪录片中还出现了筹备下一场秀的设计师斯蒂法诺·皮拉蒂，但导演看到的不是一个圣罗兰设计师在创作震惊世界的作品，而是一个"正在努力工作"的人。

在这一幕当中，安娜 · 温图尔造访工作室，斯蒂法诺 · 皮拉蒂表现得十分紧张，但只是因为他在为第二天那个很重要的走秀做准备。"有一个举足轻重的女士来看他，他知道她很有影响力，她的意见对他很重要"，仅此而已。

人人都爱格雷斯，但大多数人还是希望成为手握更多权力的人。我知道很多人都向往成为安娜 · 温图尔这样的人，拥有那种建立在丰富的经验和人脉资源基础上的权力——那是出版人汤姆 · 弗洛里奥口中的"我们推什么，什么就火"的权力，是开口说"这张照片就是不好看"而不用解释为什么的权力。

这样的向往，导致即使在行业之中的人，也对自己的职业目标进行过梦幻般的规划。显然，在这个万里挑一的行业中，绝对不能只是依靠天赋，你还需要加倍的努力。“那些受不了打击的人最后都离开了。”事实上，正是因为这种不切实际的向往，导致他们工作不是为了成为更好的自己，而是为了成为安娜·温图尔。

她成了一个象征，众人努力的目标。只有一个镜头透露了她作为常人的一刻：不知道你是否留意过，她和当期封面的摄影师马里奥·泰斯蒂诺见面时，开口谈论的第一个话题并不是拍摄地罗马或是拍摄计划，而是：“你看了罗杰的比赛了吗？”一直以来，她都是网球史上最传奇的运动员之一罗杰·费德勒最忠实的粉丝。其实，后者也是时尚杂志的常客，这和安娜·温图尔的推动密不可分。

最应该被淘汰的人是马里奥·泰斯蒂诺，虽然这样说有些冒犯，但他后来被指控在工作中有过性骚扰行为，被 *VOGUE* 母公司康泰纳仕集团永久停用。而就在他为 *VOGUE* 中国版带来了很多灾难性的封面之后，我就开始怀疑时尚圈是否还需要这样一个为了拍摄 *VOGUE* 的意大利内页大片而拿出《罗马假日》剧照作为参考方案的摄影师——我的意思是，如果老师给你布置了作业，让你找找和罗马相关的主题，而你却和班上最不优秀的人想出了一模一样的最不让人惊喜的方案（参考尽人皆知的《罗马假日》），那你就没有资格再继续下去了。

如今的情况是，这些耗资巨大的时尚大片正在被社交网络免费使用。每一个需要几个甚至十几个工作人员共同协作才能完成的摄影作品，反衬出了时尚博主们的自拍如此粗糙，而这些粗糙的作品被他们千百万的粉丝传播得更远、更广，眼看要击溃时尚杂志花费上百年时间培养的那套审美体系。看上去，这非常符合互联网惯常的做法：先推翻，再重建。

只不过面对时尚行业，互联网似乎遇到了阻力，因为潮流的来源是权力，而非人数。

目前，包括*VOGUE*所在的康泰纳仕集团在内的传统媒体公司，正试图变成一个前程未卜的新媒体集团。我们今天谈论杂志，已经不再只是抒发那种对印刷质感的情怀，而是更加看重新媒体内容的质量和可能性，并把数据加进了评价体系当中。还记得格雷斯在花园里说的那句话吗？“我觉得我可能快跟不上潮流了，因为我太不切实际。”广漠无垠的互联网，似乎没有留给“不切实际”的人太多的机会，但时尚杂志的出版人和主编们或许并没有像你们误解的那样沉沉老去、停滞不前。

这样一部纪录片所反映的一切都停留在了过去，但我仍然觉得它对现在的我以及我们所处的境地有启发作用。

正如导演所说：“电影里关注的不是他们的地位或名声，而是他们的工作。这是一部关于工作的电影。我的全部电影都是时代的见证。尽管它们只描述了今天的事情，但它们仍然是一个时代的见证。”

虽然，我们“总是要向前看”。

我在纽约时装周上的直播体验，像有人拿着一块生日蛋糕砸到了脸上

车一冲出隧道，就看到赫然立在路旁的广告牌是为电影《五十度黑》(《五十度灰》续集)设置的。那个时候，我想拿手机把它拍下来，刚一回头，却被曼哈顿的摩天大楼吸引了。

灯光闪烁的大楼，如同一个巨大的电影屏幕，越来越远。

我平静下来了。车子穿过拥堵的中城，进入皇后区，意味着我还有充足的时间赶往机场。刚才太着急了，我告诉司机，我们可以开慢一点。司机并不是纽约人，他说："我已经忘了自己为什么喜欢纽约，就像有时候你忘了自己为什么喜欢一首歌一样。"

20分钟前我还在一个时装发布会上，那里充满了属于网络时代的宏大概念，人工智能从上亿图片中得出了一组数据，用以证明这个世界上最年轻的那群人拥有怎样的生活方式。

让人匪夷所思的是，纽约时装周的设计师将这些结论融入自己的

设计中，并决定把秀场设置在哈德逊河上的一艘退役航空母舰上。

腾讯公司邀请来的博主们将用手机直播这场秀。

我作为受邀的三个媒体之一，对上述概念充满了浓厚的兴趣，但是刚听到要直播发布会（包括秀前彩排）的消息，就吓坏了。

| 1 |

谁会想到，在举办这场秀的两年前，我才第一次带着新媒体团队去时装周做报道。那时我们深受时代的冲击，一方面，谁也不会想到时尚杂志会在时装周期间连夜制作微信专题；另一方面，秀场内外的社交网络明星的出现，让时装秀场的门外挤满了粉丝，很多时装编辑甚至无法按时进入秀场。

尽管如此，我们的每一次拍摄和发布都非常谨慎，生怕打乱了行业的规则。那个时候，你很容易想起格雷斯·科丁顿曾经对进入后台的摄像机大加批评："它们消灭了一场秀能带给你的所有惊喜。"

我是在那部关于时尚杂志的纪录片《九月刊》里见到格雷斯的。她当时是 *VOGUE* 美国版的创意总监。这部纪录片讲述了安娜·温图尔主编的 2007 年的《九月刊》的筹备情况。

2007 年听上去已经过去很久了，后来格雷斯从 *VOGUE* 离职了，而 1995 年出生的吉吉·哈迪德和肯德尔·詹纳——在当下，她们几乎是社交网络上最受欢迎的女孩——开始频繁地登上时尚杂志的封面。

无论你愿不愿意承认，时尚行业最终还是被互联网卷入了崭新的时代。

|2|

你知道为什么在出发前我对将要进行的直播充满了疑惑，甚至有些退缩吗？因为这和我从前在工作中遇到的时装秀报道方式不同。

不过，我并不是特别困惑，因为我只在直播中分析社交网络对时装周的影响。

社交网络时代，吉吉·哈迪德和肯德尔·詹纳大放异彩。有意思的是，她们都是1995年出生的。那么，1995年出生的人是一群怎样的人呢？

当你对这个问题产生兴趣时，很难不对那艘航空母舰上的秀感兴趣。在出发前的动员会上，我们被告知设计师会将“色彩”作为这一季的设计主题，事实上，这些有关“色彩”的灵感来自《中国“95后”流行色报告》。

这份报告的数据来源主要是日上传峰值为6.5亿的QQ空间相册。

它具体是怎么得来的呢？

QQ空间——在我这样的年龄，它听上去就离我很远，已经不再是我的地盘了。不过，腾讯2016年度的中期业绩报告数据显示，QQ空间移动端的月活跃用户已经增长至5.96亿。而在QQ空间联合企鹅智酷公布的《“95后”新生代社交网络喜好报告》中，“95后”在QQ空间中的占比达到32%。

QQ相册作为QQ空间的核心功能之一，日上传峰值为6.5亿，目前QQ空间的照片总数超过2万亿。这份“流行色报告”正是借助腾讯优图人工智能团队开发的图像分析和人脸分析技术，以QQ空间中海量的真实照片为数据样本，通过人脸识别锁定“95后”为目标人群，再借助图像分析技术迅速识别生活场景，最后利用人工智能算法将人体和衣服从背景当中分离，以此来对颜色进行分类统计。

不管你来自哪个行业，或许你的老板已经开始要求你“把眼光放到下一代”了。下面我会告诉你，这份报告透露了哪些年轻人的喜好。

| 3 |

报告显示，在当下中国的“95后”年轻群体中，黑色是他们最青睐的颜色，不过这不是严格意义上的黑色——在RGB颜色标准中，所有值均为0；而这种黑色因为在“95后”群体中广泛流行，因此被定义为“95度黑”，其RGB值为：R22、G20、B24。

另一个有趣的现象是，在“95后”最常穿的衣服的颜色中，前五名是清一色的“性冷淡”色系——白色、灰色等，而根据唯品会的销售大数据印证，“95后”最常购买的衣服的颜色同样是黑、白、灰。至于那些大红大绿的喜庆颜色，几乎榜上无名。

为什么黑、白、灰这三个颜色在“95后”中大行其道？其实也不难解释：

第一点是避免选择困难症。为了解决选择服装颜色带来的烦恼，大部分“95后”通常会多次购买同款色系或是同款不同色的服装。

第二点是为了搭配。在“95后”的服装审美体系中，颜色的搭配是重中之重，这也就解释了为什么百搭的黑、白、灰色会成为他们的首要选择。

第三点原因让我感到欣慰，虽然听上去很幼稚，但实际情况就是这样——“95 后”认为服装的颜色会影响自身的气质，他人的着装也同样会影响自己对对方的印象和判断。就像我之前一直说的那样，年轻时要多注重外在美，因为没有人会在第一次见面时就费尽力气去了解你的内在。

更多数据不在话下。社交网络最终会将这些数据应用到更大的商业活动中——就像这场为“95 后”量身定制的时装秀一样，把“95 度黑”和服装联系在一起，最终设计出的服装将在唯品会售卖，形成直接触达消费者的闭环。

社交网络改造传统时尚行业规则的事情已经屡见不鲜，关于这一现象，我还大力谈论过卡梅隆·达拉斯的粉丝是如何包围卡尔文·克莱因秀场的。紧接着，在后来的米兰男装周上，他和其他 48 位网络红人（数量占到了整场走秀人数的 43%）从秀场前排走上了杜嘉班纳的 T 台。

那些国际网红给时装行业带来的影响同样反映在国内的社交网络之中。微信发布的 2016 年度用户数据报告显示，有 40.4% 的网络用户是通过手机微信、QQ 空间、微博等社交媒体获取新闻的，这一比例仅次于手机新闻 APP，且大于电脑和电视媒体，这或许在一定程度上解释了社交网络中的红人和意见领袖们为什么能如此受重视。

| 4 |

要直播的晚上，在纽约的朋友得知我没有带助理，决定来帮忙。

我们提前到了发布会的现场——停靠在哈德逊河上的已经退役的

“大无畏号”航空母舰。大雨让甲板变得湿滑——下雨的时候，整个曼哈顿好像被一团烟雾笼罩着，有那么一瞬间，你会觉得自己在一艘停靠在外星城市里的飞船上。

秀场后台和秀台分别位于大船的不同位置，模特们穿着很少的衣服和高跟鞋，从后台沿梯子爬上甲板，嘴里呼出一团团热气，再钻进秀台。为了增强这场秀的概念，模特也都被刻意控制为1995年以后出生的。

秀台中间放着一架退役的航天飞机，这其实是美国航空航天局的航天飞机展厅。航天飞机的名字是“企业号”，和《星际迷航》里的星舰同名，是美国航空航天局制造的第一架航天飞机，造价30亿美元。

彩排时，有一群舞者出现在航天飞机下方，他们穿着这场秀的服装，开始跳舞，之后将和模特们一起走上秀台……

那个时候，我感觉自己曾经熟悉的行业正在离我而去。

或者说，它并没有离去，只不过变成了另外一个样子。

你知道那种在生日聚会上突然有人将蛋糕砸到脸上的感觉吗？每个人都很高兴，蛋糕并不会让你难堪，也不会让你难过，但是，你却受到了柔软一击——走到这架航天飞机的正下方，我感觉有人拿着一块10寸长的蛋糕砸到了我脸上。

紧接着，在我打开直播软件3分钟后，我的手机黑屏了。

| 5 |

想起我从前在一家传统媒体公司工作，对直播这种完全不属于纸媒的传播方式非常排斥。那时，我们甚至还在讨论，在时代变化得如此之快的情况下，时装周会不会消失？

在出发之前，我和同事甚至重看了《九月刊》，在这部纪录片的后半部分中，安娜·温图尔看似很随意地说："我们这个行业就是要不断地向前看，不能往后看。"

手机黑屏之后，我们重新连接了网络，但无论如何，我的第一次直播以一种仓促的方式结束了。腾讯的几个工作人员很快赶过来，他们知道我很早就定了晚上 11 点的航班，赶往下一个目的地。当时我拖着行李从后台爬到甲板上，他们正好从我身旁跑过去，然后转身说："你抓紧时间去机场啊。"

我第三次来纽约，急匆匆地离开了。朋友们把我送上出租车，目送我去机场，雪突然下了起来。

我一直记得那个画面。

穿过了拥堵的曼哈顿，司机加速开往了皇后区。到达机场前，我和司机复述了那种有人拿生日蛋糕砸到我脸上的感觉，他想了想说："至少你知道自己和这个世界一样，又长大了一岁。"

终于，传统时尚媒体又刷屏了——也可能是最后一次

2018年4月，时尚媒体的人事变动成为我朋友圈的主要话题。这次变动涉及康泰纳仕、赫斯特旗下的时尚杂志，人员众多前所未有，和时尚行业相关的媒体人、公关、广告从业者，都参与了转发和讨论。

腾讯时尚发布这则消息时，使用了“独家：时尚圈再地震，智族主编将离职，睿士迎来新主编”这个标题。事实上，在此之前BoF（时装商业评论）已经率先披露了这则消息，且腾讯时尚的原文还署名引用了BoF的内容。

我特别提到标题中的“独家”，是因为我感受到了媒体的用语因为时代的不同已经发生变化了。今天，我们可能已经不能再从创作者的角度分辨出“独家”的意义了。

得知这个消息的时候，我还在参加一个媒体活动。同行的媒体记者听到后，问我是不是应该和单位领导报这个选题。我说：“既然你

们是行业媒体，为什么不报呢？”

“但是，这件事为什么这么重要？”她接着问我。

这是一个特别简单也特别好的问题，目前所有针对此事的报道中，没有人问过或是回答过这个问题——虽然它是最关键的那一个。

不过，我觉得这件事并不重要。

时尚杂志的（好的或是不好的）主编们拥有最丰富的时尚媒体经验、最广阔的行业视野、最有价值的公关资源，以及即使在今天来看，仍然算是最宽裕的制作预算——杂志内部虽然削减了预算，但相比自媒体和那些网红博主，制作预算还是很多的。从行业的资源配置角度来考虑，主编们的人事调动并没有改变行业的本质，这只不过是在重新分配这个行业中位于顶端的生产者，正如很多曾经在这个行业的中层或基层工作的生产者进入了公众号或是其他媒体领域。

但是这个行业的生产资料（相应的资源）已经不再集中了，它们被分配到更多细小的领域、人群甚至平台中。分配资源的人没有减少，反而增加了，资源的配比也和从前不一样了。

一个明显的例子就是广告份额的变化。我读到 BoF 的报道时，还看到了一篇相关文章说到，美妆类广告正在非常明显地抛弃平面媒体。就像电商咨询公司 Fluid 的战略总监克里斯·海恩斯说的：“年轻顾客们是不会把一本杂志从头到尾读完的，他们也不会把那几页广告撕下来，拿着去丝芙兰照着买，他们现在会直接在照片墙上发现美容产品。”

尼尔森的数据也显示，过去一年杂志的广告利润是负增长，与此同时，各个杂志公司都在扩展新媒体领域的商业利润。

这看上去是老生常谈，新技术引起了媒体平台的更新换代，但世界不就是这样变化的吗？想起三四年前我还在讨论传统媒体和互联网媒体的发展，现在看上去，好像大家都一样，都成了传统媒体。

技术变了，但操作技术的人反而凭空增多了，而那些没有操作新技术能力的编辑渐渐被淘汰了。

仔细读的话，你会发现腾讯的稿子里有一个问题很有意思：“而后来又到了另一个极端，一头钻进解构，却把基础都忽略了，信息都不见了，没有事件细节，这个就很糟糕。”这句话我非常赞同，我也有过类似的抱怨：段子太多了，信息本身被冲淡了，或是消失了。

还有一句：“我们至少现在还是行业领先的品牌嘛。”这句我不是很同意，我觉得现在已经没有“领先品牌”了，只有“剩余品牌”。

大家都是剩余品牌。如今，在少量的报刊亭或是一些精品书店里看到的杂志，都是熬出来的，把其他杂志踢出局了。

说回人事变动的新闻，我明显感觉到，身处这个行业中的人都在担心一系列变动会不会引起媒体“地震”——这是必须要改掉的毛病。因为互联网的更新速度牵制着内容的表现形式，每出来一个新平台，旧平台就会受到质疑和冷落，内容的表现形式也会随之发生变化，可以毫不夸张地说，很多时候，“变化”体现出了严重的形式主义。

当下读者看到的媒体报道的新闻内容，很多都不是记者亲眼所见的，也不是采访所得的，而是摘录别人的报道，或是对其加以附注，甚至只是换了一种新鲜的表现形式，因而读者不应该关注这个新闻“带来了什么变化”，而是“带来了什么”。

我们面临的问题，也不是谁来编辑杂志，而是能看的杂志越来越少，订阅了很多公众号却不看。

能给读者带来灵感的真实信息，看上去都是急需解决的事。一直以来，我更尊敬那些不在乎形式，持续创作出能改变读者认知或是增加读者见识的内容的人。

康泰纳仕曾经是我成长的地方，我祝福这个公司——虽然它越来越像一个转基因的作物，可能不再成为这个行业的先进代表；更祝福那些前同事，他们是我的导师、同行人，是出色的、有远见的、不落后于时代的从业者。还是那句话：有人走向山，有人走向海，都是好风光。

不只中国，康泰纳仕在美国也在酝酿大的人事变动。根据我在当地的媒体同行透露，位于纽约世贸大厦的康泰纳仕办公室正在“变小”，很多人会因此失去工作。她说：“等到秋天的时候，我们可以留意安娜·温图尔的新消息。”最后，她又补充说，“改变是正常的事，不要害怕。”

女孩儿们

来东京的几天里，我都带着《我的天才女友》这本书。

2011 年到 2014 年，埃莱娜·费兰特以每年一本的频率出版了《我的天才女友》《新名字的故事》《离开的，留下的》和《失踪的孩子》这四部情节有所关联的小说，被称为“那不勒斯四部曲”。这四本书以史诗般的体例，描述了两个在那不勒斯穷困社区出生的女孩持续半个世纪的友谊。

“那不勒斯四部曲”也在世界范围内掀起了“费兰特热”，千万读者被书中对女性友谊极度真实、尖锐、毫不粉饰的描述所打动。虽然作者从未公开过自己的性别，但媒体和评论家从其“自传性”色彩强烈的作品中判断其为女性。

2015 年，埃莱娜·费兰特被《金融时报》评为“年度女性”。2016 年，埃莱娜·费兰特入选《时代周刊》的“最具影响力的 100 位艺术家”。

在一个商场等鳗鱼饭的间隙，我读到了《我的天才女友》的新章节，主人公之一的莉拉终于来月经了。

小说最开始的几章里写到，这一时刻的到来甚至比“界限消失”（莉拉对于另外一种人生状态的形容）的意义更加重大。对于大部分男孩来说，女孩的“月经”是少年时代唯一解不开的谜团——甚至只是提到这个词，就显得极度冒犯。

小说的作者费兰特详尽记录了两个女孩从幼年进入少年，进而到青年，甚至更往后的漫长岁月，为我打开了新世界的大门，以至于我在飞往东京的飞机上、在银座商场里等待服务员上菜的间隙都在阅读，想“窥探”她们的成长过程。

但女孩们的友谊仍然充满了神秘感。在已经出版的书信集里，费兰特阐释了她所理解的小说中两位主人公莉拉和埃莱娜的友谊：“在莉拉和埃莱娜的生命中，有很多事情显示了一个人如何从另一个人身上汲取了力量。但要记住这一点：这不仅仅体现在她们帮助彼此的层面上，同样也体现在她们互相洗劫、从对方身上窃取情感和知识、消耗对方的力量等方面。”

当然，莉拉那个备受读者期待的时刻，很快就被小说中的其他事情挤到了边缘。例如，深受老师们喜爱的莉拉和埃莱娜是不折不扣的学霸，经常被派去和男生比赛，她们轻而易举地就击溃了男生的自信心。

这个细节足以唤起我们所有人的童年甚至少年时期的记忆：有一些女孩永远霸占着考试排行榜的前十位，她们总是无往不胜，能够轻而易举地解答每道物理题、数学题（糟糕的是，她们从不会告诉你解答的方法），并理所当然地享受着每一位老师、家长的爱。

“你看你，怎么不学学人家啊！”

女孩们，就是从那时开始成了男生的噩梦。

| 1 |

我到北京实习的消息，曾经成了战胜部分假想敌（尤其是那些品学兼优的女孩，想不到在大学里，她们仍然所向披靡）的标志。并不是因为我只身一人来到北京，而是因为我有机会从事自己热爱的工作：成为康泰纳仕旗下杂志的一名编辑。

最开始是没有机会的，我的上司告诉我，康泰纳仕的职位竞争非常激烈，几乎没有应届生可以入职这个杂志社，不过，他可以根据我的实习情况，把我推荐到其他杂志社去。

转折出现在实习半年后，我的上司告诉我公司有一个职位空缺，这意味着我很有可能会留下来。

我心里的火苗就被点燃了。我工作非常努力，很多个夜晚，我在办公室加班到天亮。主编在我实习期间和我有过的唯一一次谈话里，甚至提到了周六他来公司取东西时，看到只有我一个人在办公室里工作。我更加努力，对部门的工作流程了如指掌，并且开始尝试自己最不擅长的部分：长篇报道。

有一天晚上，整个部门加完班，我上司请我到三里屯一家餐厅吃消夜。已经吃完了，他才说：“你可能留不下来了……有一个女孩要过来。目前的情况是，主编觉得她更合适。”

| 2 |

第二天，我实习以来第一次睡了个懒觉，睡到下午3点钟才去公司。同事索马里问我是不是心情不好，一起去吃个晚饭。得知这一天我到北京正好半年，她就说："那我给你买一瓶饮料纪念一下。"

公司即将空出来的那个职位，其实是她的——她要离职了。

她是我们眼里那种最典型的学霸，在竞争激烈的江苏上学，以优异的成绩考入了上海的大学，然后又考上研究生，到北京最好的媒体里实习，凭借一篇非常出色的长篇报道进入了当时最受瞩目的报道组。她第一次到杂志社面试时，主编甚至亲自到楼下迎接她。

彼时，她在康泰纳仕的工作时间快满一年了。我们大概聊了一下各自的未来，尽可能地抓住这"最后的时刻"，加深对彼此的了解。越是这样，我越不能想象，另外一个女孩拥有什么样的能力和才华，得以在这个职位上取代她。

更让我沮丧的是，意识到这是女孩之间的竞赛后，我离这个职位越来越远。

| 3 |

后来发生了戏剧化的转折，那个女孩因为不愿意写长篇报道，而那个时候索马里已经有了新的工作，我就留下来了（很多人问我为什么能够留在那家杂志社，我通常会说因为运气好）。

索马里在我的关系圈里短暂地消失过一段时间，之后又回到了这家杂志社，和我成了同事。她的报道缜密、克制，我们认为她将来可能会成为著名记者或者作家。

不久之后，索马里突然决定离开北京，去上海，进入出版业。她说："要成为出版人，你必须放弃成为作家的野心。"这让我震惊又难过，看上去，她做出决定的那一刻是最艰难的。

很快，我又为她感到高兴，因为第一次我感到女孩不是作为碾轧任何人的存在——她选择了自己的道路。

索马里提到了自己在西双版纳的最后一次采访，连续4天，平均每天花3个小时质问采访对象，这让她感到疲惫。她说："我明确记得，自己是在那一天放弃了对交谈的英雄式的幻想。"

她拥有了和莉拉类似的"界限消失"的时刻。

| 4 |

我们一致认为，索马里在出版业迎来的第一个重大机会，是成为埃莱娜·费兰特"那不勒斯四部曲"的中文版编辑。为此，她还被邀请（连同费兰特在内的40多个国家的出版人一起）参加法兰克福书展的一场秘密酒会，为庆祝四部曲中的第一部《我的天才女友》德文版上市两个月销量突破20万册。

在秘密酒会上，来自波兰的出版人这样告诉她："在波兰，有个很有意思的现象，很多丈夫都是看到妻子彻夜不睡地看'那不勒斯四部曲'，然后也跟着看起来了，从此一发不可收拾。"接着，他还提到了乔纳森·弗兰岑、詹姆斯·弗朗科等都是这本书的忠实读者。

这就是我阅读这部“女性关系史诗”的最初动力。

不过，索马里就是在担任《我的天才女友》的编辑时变得焦虑起来的。

因为它有着史诗般的厚度（英文版超过2000页），接着她发现这本描绘女性友谊的书很容易被人误解，认为这是“一种被轻视的题材”。有人在朋友圈里甚至声称这是一本玛丽苏式的少女读物，导致她大发雷霆，发文对峙。

她强调封面设计，却遇到了重重阻力，她尝试寻找出版社以外的设计师，但出版社能够支付给封面设计师的费用实在太低。她说，“我宁愿自己掏钱”，以便让最终的封面设计“向中国读者传递出费兰特的纤细和强大”。

她甚至为这本书的中文版创建了照片墙账号和微博账号。只是一个尝试，却得到了所有人的支持。

然而，又出现了新的问题：由于“那不勒斯四部曲”消耗了太多的精力，她负责的其他书籍陆续出现问题，包括译者拖稿导致合同拖延、取消，这给她带来了沉重的打击。由于对方是（女性）朋友，她无数次地抱怨，却始终没有撕破脸皮。

正因为如此，我更加确信，女孩之间的关系充满奥秘。

我曾经亲眼见证了她和另外一个女孩决裂。这件事对我来说具有历史意义，我从来没有见过两个女孩决裂的场面，也无法想象这将产生怎样的后果，如何影响周围人的关系。很快，两个人之间决裂这件事就产生了不良后果，那个译者甚至威胁我们（同属一个朋友圈子里的人）和索马里断绝关系。

谢天谢地，索马里没有这么做，并很快打电话给我们，向我们致歉。

后来，译者的事情已经严重影响了她的工作，我们才鼓励她彻底放弃这段关系。

“不要害怕失去朋友，该说再见就说再见。成年之后，人生变得广阔，正是因为围绕在我们身边的人变少了，我们才看到了景色。”

我们想要飞行的汽车，却得到了140个字

美国太空探索技术公司的创始人埃隆·马斯克兑现了自己的诺言：这家公司的猎鹰重型运载火箭发射成功，并回收了两枚一级助推火箭。

他在火箭里放置了一辆他自己的特斯拉跑车。身着美国太空探索技术公司宇航服的假人坐在驾驶座上，与火箭一起被送入地球—火星的转移轨道上。根据马斯克的设想，这辆跑车将在宇宙中飞行超过10亿年。

如果你还没有看过这个创造历史的时刻，可以通过网上的视频了解一下。如果你已经看过了，完全可以重温一下。

可能很多人还没有意识到，我们所看到的那些画面，将会永远被载入人类历史的画册。

社交网络对这一壮举盛赞不已，仿佛它是击破一切黑暗的曙光。这种击破，反映出马斯克的成功不仅具有科技和历史的意义，还有很

大的社会意义。因为在这之前，人们几乎已经习惯了接受坏消息。

我这样说，并不是顺应时评，而是猛然想起5年前的迪士尼电影《明日世界》里的那个问题："从前有两只狼，一只名叫黑暗和绝望，另一只名叫光明和希望，要是有一天两只狼打起来，哪一只会赢？"

其实，当时《明日世界》的评分并不高，票房也不好。在解答这个问题之前，我们先来看看这部电影是说什么的。

它讲述了一个极其普通的冒险故事：

女孩凯茜对科学和生命都充满热情，无意间发现了能指引她到达"明日世界"的徽章，她需要破解零星线索，找到隐藏在神秘时空里的"明日世界"，以改变人类的命运。

在《明日世界》中，你会看到几乎所有人收到了这样的信息：地球会灭亡，只有"被选中的人"才能拯救它。

改变人类的命运——这是多么老套的剧情设置！

出人意料的是，《明日世界》最后对这个设置提出了质疑：

为什么在所有关于未来的故事、电影里，我们能看到的画面都是灾难性的？

为什么我们不间断地被告知世界会变糟，陷入混乱，紧接着地球也会毁于一旦？

为什么我们让所有人都坚信这一点，并希望他们从自己做起，去改变这个世界，"否则这就是你糟糕的明天"？

可是，那些看过《后天》的人，会因为看了这样的电影，而变身成为一个保护地球的卫士吗？

答案是未必。

所以，《明日世界》提出了新的观点：我们不应该让人相信未来会变糟。

我们应该让他们相信未来是美好的，让他们看到未来美好的样子，让他们知道为了达到理想中的美好状态，他们应该停止破坏。

“我们想要飞行的汽车，结果却得到了 140 个字。”

这是 Paypal 创始人彼得·蒂尔的著名论调。从表面上来看，这个世界一直在进步，但是我们也有可能被一些无意义的事情（例如沉浸在复杂的社交网络中）束缚了手脚，走向了相反的方向，陷入悲观主义。

但是今天，我们已经有了一辆飞行的汽车，不是吗？

世界各大媒体发布的那张太空的照片，不是效果图，是真的。在太空中，一辆特斯拉正沿着地球的轨道飞着。

不用过于仔细地观察，通过媒体和社交网络，你就能体会到人们的喜悦之情。在那个时刻，我们可能暂时忘记了接连不断的负面信息，还有那些无意义的事，而想起了一些伟大的壮举、历史性的时刻以及自己心中的梦想。

这就是我所说的埃隆·马斯克和 Space X 所带来的“击破”。它击破了一种情绪，也击破了我们对想象力的质疑，它让我们重新发现，拥有想象力是一种非常可贵的品质。

它还击破了我们对“明日世界”的预设——万一它不会变得更糟，而会变得更好呢？

这就是那两只狼的故事。

“从前有两只狼，一只名叫黑暗和绝望，另一只名叫光明和希望，要是有一天两只狼打起来，哪一只会赢？”

——这取决于你会喂养哪一只。

采访荞麦

荞麦现在的身份是：有很多身份的人。

拥有很多身份的人，一天的时间被社交网络拉长了。特别是，他们好像从来不睡觉，每天在微博、微信中保持旺盛的生命力，然后突然之间，你就得知对方出版了小说集。你可能会问，他们上班的时候是不是需要工作？下班之后是不是需要带孩子？

荞麦是影视行业从业者、前媒体人、作家、博主、妈妈……这是自媒体时代非常普遍的“叠加式”的人。甚至我不需要专门介绍，你的关注列表里也已经有了一些她这样的人（对还没有小孩的那些人来说，将“小孩”换成“宠物”也是成立的）。

刚认识荞麦的时候我只知道她是个作家，此后，这种认知被她在社交媒体中所发表的文章打破了——她的公众号“郊游”是个释放想法和观点的地方，后来，“郊游”却成了她最新一本小说集的名字。

后来，荞麦来北京宣传新书，我们在某天下午简单聊了聊她的博客、小说和“我们大家”的写作情况。放心，我不会急于去了解一个人是如何处理这种多线程的人生的，因为我自己也早就扮演了多重角色，大致知道其中的奥秘——保持效率。

我看过这些短篇小说，正如荞麦后来说的，“是有空白的，需要读者去补充。你在读别人经历的时候，不得不调动你的各种感官”。从这个角度来说，我们去阅读，不是为了获取资讯，而是为了重新开始想象。当然，我也希望她能解答我的那些关于公众号写作和严肃创作的问题。

以下是我们的对话：

我：这本书写了多长时间？

荞麦：我写了三四年。就是陆陆续续写的，但它不是一个工程，并不是说我有个计划要出个短篇集，而是我想写的时候才写的，到了一定的时间，有了一定数量，就交给编辑。我大概给了她 23 篇，最后留下了 17 篇，然后再加 5 篇游记，这样子。

我：比起你写公众号的文章，写小说的效率怎样？

荞麦：我效率真的很高，如果要写一篇公众号文章，我就会很快把它写完。有几次，忽然觉得我应该写一下某个话题，那我花大概 30 分钟就能把它写完。我是个有事情就要立刻去做的人。

我：你这个是属于效率高还是活儿好？

荞麦：我觉得是效率高，就是我有一个想法，必须立刻把它完成。“完成”对我来说很重要。我觉得自己还是比较擅长写短篇。如果是长篇的话，会一直完不成，完不成，就一直写，一直写，写着写着就会失去信心。但是短篇就能很迅速地完成。我写其他文章也是这样，我喜欢迅速完成。我是那种在两天之内把暑假作业全部写完，然后剩下的时间用来玩的人。

我：是什么让你决定开始做公众号的？

荞麦：老早的时候，我当时还在写小说，后来有一次和季艺去咖啡馆聊天，他突然掏出了他的笔记本说：“我要做公众号。”然后问我，“你怎么不做公众号？”我说我不想写。他就说：“你一个人在南京，你很难保持一种创作的频率。你不跟朋友在一起，就很难保持创作的激情。你应该有一个这样的平台，时不时地写，保持一个创作量。”

我觉得好像很有道理，然后就开始写（我开始写之后，他自己的公众号就再也没有更新过，你知道吗）。刚开始的时候，我的想法就跟他说的一样，很单纯，就是保持一个创作量，去分享我看的书或者是一些东西。但是大概写了几天之后，我忽然就意识到这样不行，我发现公众号不能成为一个分享自己心情的东西，如果是这样，那就没有意义了。所以，我的公众号就开始变得更像媒体，谈了一些热门话题，很快阅读量就上万了。

我：那你是怎样让做公众号和写书保持距离的？

荞麦：几乎不用保持距离，因为写小说的话，我写的是让我愉快的东西，虽然情节不一定愉快，但是我写这些东西的时候肯定比我写其他文章开心。为什么开心？就是因为我不用追这些东西（热点）。如果我写这些东西（热点），肯定会有各种各样的考虑，比如说我的观念正不正确，我说得对不对；或者是观点普通，有没有意思；或者这样说合不合适……但是写小说就很轻松，不存在这些问题。

我：你觉得读者能够接受在公众号中读一篇小说吗？

荞麦：我觉得挺难的。你很难想象大家在手机或者网络上阅读小说，因为小说有一定的门槛。小说不是“给”的，其实很多小说都是有空白的，需要读者去补充。你在读别人经历的时候，不得不调动你的各种感官。

互联网一般都是“给”的，就看你“给”得好不好。微博上有的人写长文章也写得很好，但那更像是叙事散文，他“给”得已经够了。就是你一下读完就知道情绪都在那里，什么东西都在那里，他想要告诉你的事情在那里，他给的东西已经到位了……

现在大家都很懒惰，你在微博上说一部电影好看，读者就问有资源吗，他都不愿意自己去百度一下找资源。我发了公众号的截屏，他们就会问我的公众号是什么——公众号不就在截屏上吗？现在的人不会去“找”了，你不得不去喂养他们！

其实更早的时候，大家会在互联网上去寻找的。我们那时候上网是很主动的，我们会去寻找知识、寻找同伴。但是现在的人就太懒惰了，对互联网的态度是“要”，他们想“要”，不想再去“找”。

我：你出稿子很快，但是你写东西的时候有焦虑期吗？

荞麦：肯定会焦虑，比如一篇小说，我是不是写失败了。

我：什么失败？

荞麦：我之前写过一篇小说，我一个写小说的朋友就觉得写得不对劲，跟我讲了很多，我觉得也很有道理。其实，每个人写小说的风格不一样，但是写小说的人还是有一个差不多的共识。

我们前几天还在说一部获奖作品，然后我还在那边批判她……我们真的觉得她写得不好。

现在一些搞文学的人也开始寻找一些社会话题了。

我：我明白你的意思，就是说现在很多作品，题材的重要性已经超过了内容。

荞麦：也会有这种问题。作为一个小说作者，坦白说，我也动摇过，比如说我现在老问自己，我是应该写这种（比如《郊游》）小说，还是去写那种情节性更强、可以卖出改编权的小说呢？因为现在有很多人就大量地产出这样的小说，一看就知道他们是想卖电影版权或者电视版权，他们会设计一个人物关系，设定一个语境……那么，我到底应该写哪种小说？

我：你写小说，最看重的是什么？

荞麦：我之前写小说的时候，更多的是一种对情绪、压力的发泄。我在生活中遇到的问题，我用小说的方式把它表现出来。这并不是说我写的就是自己，只是说我也遇到了同样的困惑。

可能有时候，那些同龄人的故事，比如他们在理想和现实之间的挣扎……我就会把它写下来，至于其他的，就不是很看重。

我：对于这本书，你觉得自己有什么样的突破？

荞麦：突破就是这是一本精装书。如果出版社说"我给你出一本精装书"，大概是对你的一种认可，因为它值得用一个精装的外壳来包装。这是我的第一本精装书。然后就是，我觉得人生很奇妙，我曾经很喜欢波拉尼奥的短篇集，它的封面是蓝色的，后来我的书也用了设计这本书封面的设计师，还蛮开心的。

我：大部分情况下，在社交网络上写作是一个"自我出版"的过程，由此可见，"出版"看似不是一件门槛很高的事情。我想知道，出书是你写作的初衷吗？

荞麦：我的第一本书出得太容易了，当时都觉得自己要发财了。你知道吗？我出第一本书的时候，是青春文学特别火的时候，当时我也年轻，手艺还可以，所以觉得自己要发财了。后来又出了好几本书，都感觉，嗯，这个题材不错，是比较容易发财的。年轻的时候，还是充满了希望，还蛮希望通过一本书致富的。

当时"80后"中的很多人写叙事文学都成功了，所以也就出现了各种类型的作品。我还写过一些比较好笑的小说，其中有一本是写三个女人的都市小说，里面充满了那种搞笑的段子，也有都市情节——当时是因为我看了《欲望都市》，所以这本书很像在模仿《欲望都市》。

但是我并没有因此而发财，一本都没有让我致富。所以，等我终于放弃了这些梦想之后，便认真去写书、出书了。

等我到 30 多岁的时候，就更加严肃地来考虑写作这件事情了。当我读了更多的书，认真思考文学到底是什么的时候，出书就变成了出书本身，不再是为了发财——这个我已经完全不再想了。

我：你来北京参加见面会，觉得自己回答得最好的问题是什么？

荞麦：其实我就相当于回答了一个半问题（问对谈嘉宾的问题比较多一些）。他们问我应该谈多少次恋爱，我就说，越多越好。

不过这是我第一次来北京参加活动，我发现相比以前在南京、上海，北京的年轻人比较严肃。我很明显地感觉到，北京读者更严肃一点。

我：什么地方很严肃？

荞麦：我以前在南京做活动做得最多，在上海也做了一些活动，大家都嘻嘻哈哈的，但是北京的现场氛围非常严肃。主办方通知读者提前半个小时到，当时报名的人大概有 400 个，时间快到了，很明显还有些人没到，加上那个地方确实很难找，主办方就说再等 10 分钟，等会场坐满一点再开始。

主办方让他们提前半个小时到，很多人的确是提前半个小时到了，结果有人在微博上很严肃地跟我说："我们都提前半个小时到了，为什么还要等那些迟到的人？"

他讲得很有道理，但这是我第一次遇到这种问题。以前在上海的时候，也会有人早到，或者是有些人迟到，我就觉得好像大家没有这么严肃。在北京的时候，我第一次被这种严肃的感觉给震撼了。包括我在现场做活动的时候，他们都挺严肃地在工作。真的，我就是觉得很严肃。

我：我觉得北京是个交通成本非常高的城市，去参加一个线下活动，其实对很多人来说，还是挺难得，他们很在乎时间，而且交通费也高。

荞麦：不是，我没别的意思。我的意思是说他们整体有一种严肃的气质，就是有点不像我在南京或者上海的时候见到的那种气氛，大家都嘻嘻哈哈的。

我：北京就是这样。愿意来北京的人，愿意放下工作来的人，都不是开玩笑的。

荞麦：我以前在南京做活动的时候，好像有点胡说八道的感觉，但是在北京，我就要收敛一点。北京的读者还是挺严肃的。

我：最后一个问题是：现在，什么会让你觉得新鲜？

荞麦：我现在的新鲜感还是来自人。我对朋友身上发生的任何事情都非常感兴趣，比如有些人出现了我意料之外的反应，或者身上发生的事儿有我意料之外的情节，有一种我意料之外的人格，或者其他什么东西，都会让我觉得新鲜。

没有人是真的没空理你，没理你，是因为你还没那么重要

因为我在工作中经常没有回复信息，渐渐被很多人投诉。我非但不觉得愧疚，反而有些冷漠。想起有一次我看到有人站在演讲台上说，工作当中首先要学会不回信息，当时我还暗暗骂那人冷漠无情，现在我简直要为这句话“站台”。

但我要说的是，在大多数情况下，别人不是因为忙，也不是没有时间而不理你，而是因为你没那么重要。换句话说，是因为你的“优先级”不高。

你一定要意识到这一点，这样心里就会好受很多。不是你不可爱了，你也没有被世界抛弃，而是别人还有更重要的事情要做。换句话说，是你不够重要，或者只是还没轮到你，不要催，大多数情况下催也没用。

记住，不要因此难过。事实上，你也可以从这种事情中学会安排自己的优先级，而不是把自己当成别人忙碌的“受害者”（今年影响

我最深的一句话是“不要老把自己当成受害者，不要总是觉得别人欠了你什么”）。

我们过着忙碌的生活，每次开始出现拖延症，总是宣称：我没有时间。“没有时间”，可以说是21世纪最大的谎言了，因为它会让你认为自己做不成任何事情。

你需要主动一点，以后遇到类似的情况，就换一个说法：“这件事的优先级没有那么高。”如此，很多问题都会迎刃而解，日子就还能过下去。

这个方法是我从《华尔街日报》撰稿人、美国作家劳拉·范德卡姆那里学到的。

你可以试着说：“我不会帮你改简报，亲爱的，因为这对我来说并不是一件优先级很高的事。”听上去很合理。而如果这些话听上去不合理，那说明这些事情才是重点。例如，你会说：“我不会去看医生，因为我的健康没那么重要。”这显然是不合理的。通过改变我们的语言，来提醒我们是否要在某件事情上花时间。如果我们不愿意花一个小时去做某些事，我们可以选择别的。

这个办法很简单，也很厉害：改变你的语言，就会发现什么事情才是最重要的。

我们的“语言”经常被用来给出一个礼貌性的答案，而真话可能很难被听到。有的时候，我们甚至会为了使用“让自己看上去更有礼貌的语言”而绑住自己，最终为之所累。你说“我没有时间做这件事”，只是意味着你不会优先考虑这件事情。这很好，因为并不是所有的目标都很重要。时间是有限的资源，如何利用你的时间是非常重要的。

我们最常用的借口是："我只是没有时间。"试图以此来跳过某件事，把它推迟到最后期限来做——或者你真的有其他事情要做。

不要为了对自己和别人有个交代而隐瞒你生活中的优先事项。如果这个世界上真的有所谓的"成功人士"，那么他们与普通人之间的唯一区别就是知道如何安排优先事项——不是关于时间，而是关于优先级。

真的，这个世界上没有人真正在忙，一切只是优先级的问题。你总是会找到时间去做你认为重要的事情，其实这时候真正重要的是给自己列一个优先事项表格。

至于那些被你列在优先事项表格最后的人，不用过于在意他们的感受，他们自己心里会有数的。如果你就是列表中靠后的人，就应该想办法成为优先级更高的那个人。

不要老把自己当成受害者，不要总是觉得别人欠了你什么。

决定向你公开那件事，它本来也不算什么秘密

我并不觉得自己是个多好的人。

外卖师傅或者专车司机叮嘱我给个五星好评，我答应了，结果总是转身就忘了。

我没有转过微博上那些求助的信息。我一直觉得，长期以来，自己辛苦地经营着一个冷酷、骄傲的人设，不应该被那些温情的行为打动。

微博有一个奇怪的功能：别人发的私信，如果你打开看过了，发私信的人就会收到“已读”信息。即使如此，我也不太回复给我发私信的人。有的人很生气，问我：“为什么你看过了却不回复我？”我还是没理他。

我不是一个多好的人。

甚至有时候，我会突然想起来，我竟然没有扶起过一辆跌倒的共享单车——虽然我也没看见别人扶起过。

其实我也不是太坏的人。

我出门打车的时候，如果看到有人比我更早站在路旁，我站在他后面大概 20 米的位置，好让他觉得我没有跟他抢下一辆车的打算。

但我又不太想让人知道，我是好的还是坏的，所以我平均每天删掉 5 条微博。有时候我怕得罪人，有时候是怕“自我审查”得不够，触碰了什么敏感话题，被“查水表”。更多情况下，我怀疑自己说话有破绽，然后被讨厌我的人抓住不放。

比如，我发现李荣浩在综艺节目里翻唱《如果有一天》，我觉得很好。但是很快就有人对我说：“不好，难听。”

我立刻就开始想：我是不是错了？他是不是唱得真的很难听？一个看上去经常谈论媒体和生活方式的人，突然开始评价一个可能不被人喜欢的流行歌手，会不会让人撇嘴？

更糟糕的想法是：那些信任我的人，会因为不喜欢这个歌手，而开始不信任我吗？

但是在某一刻——不知道为什么，可能是哪颗行星的位置移动了，或者土星和太阳的相位发生了变化，引发了异常情况——我突然变得不在乎了，心想，我不管，我就是喜欢。

在社交网络里，人们总是过于担心自己会听到反对意见，而忘了考虑自己会不会被对方的意见所改变。

以上都不是我要公开的秘密。

今天起来上班，天还在下雨。只要下雨，北京的交通就会堵。出租车司机来接我，一路上心情很不好，用微信语音和其他人说：“拉了个去 798 的，不是个好活儿。”我下了车，他说：“给个好评啊。”

我第一次不打算给司机面子，很坚决地说：“不给。”

那时，我已经在车上回了很多陌生人的微博私信。其中有一个人问我：“交往了多年的男朋友，性格不好，我一直劝他改改，他就是不改，也吵过很多架。该怎么办呢？”

我不是一个情感丰富的人，更不是一个树洞式的人物。我本来可以继续忽略这些看上去是“想抓住最后一根救命稻草”的私信，突然却反常地回复说：“你最初决定和他在一起的时候，他就是那样的性格了。不要试着改变对方，让对方成为和你最初喜欢他时不同的样子。”

“尝试改变对方”，让很多人的关系变得脆弱。

这个最终的结论，是我给你的忠告，但仍然不是我要公布的秘密。

9 月底，长时间的外出使我感到疲惫，想到回国之后还要把旅行的稿子写出来，就更加疲惫。我发现自己真的写不了与旅行相关的稿子了，信息量巨大，动辄五六千字，读者根本消化不了。攻略更不能写了，这年头谁没去过几个地方，还用得着你来说一二三四吗？

有一天，猴哥说，他要辞职做音乐创作人了。我说，我不想去旅行了，我要去上班了。

然后，他就写了一首名叫《乌云上班》的歌，词、曲是他在一天内写完的，足见他才华横溢，应该吃这碗饭。

我赶去他家里录音，有个客房改造成的录音棚，录了两个小时，很快就录好了。然后，我偷偷注册了“音乐人”的账号，不声不响地发布了这首原创歌曲。我们计划好，不必声张。结果当天下午，我们就看到它被虾米音乐推到了首页。

现在你也知道了：我跟朋友合作了一首单曲。这就是那个秘密。

我没有当艺人的意思，这首歌是个很意外的创作，以后可能也不会再有。一首简单的歌，它没有那么多要表达的东西，背后更没有“都选C”式的故事，甚至我让猴哥向我讲解音乐风格，他只回复了“都市轻电音系列”七个字。

谢天谢地，这是那种我们想做就去做的事。

你肯定不知道，我把它告诉你的时候，也松了一口气：我好像可以不必重复过去的日子了。

你好，我就是那个没有正经职业的人

| 1 |

四个同事比我早两天到巴黎，在酒店办完入住手续，我立刻去Pigalle地铁站旁找他们。在这里，我们将拍摄几位巴黎当地年轻人，讲述他们的经历和生活方式。

因为下雨，他们已经提前收工了，每个人都很累，幸运的是见到了彩虹。

去一个地方，用包括视频在内的媒介来分享陌生人的生活，在互联网如此发达、获取资讯如此便利的今天，显得有点不值当——甚至一些正规媒体都不太这样大费周章地制作专题了。

但这就是我正在做的“内容创业”项目。

| 2 |

如果不去做电商，不去卖货，不去卖会员……内容创业者算什么东西？

这个问题一直困扰着我。

有段时间，我甚至想：从媒体行业离职，不再当一名杂志编辑，可能是个错误的决定。

在出发去巴黎之前，还有人不怀好意地问我的职业是什么，我回答是“创业者”。对方说，这并不是一个职业啊。我又想了想，说“那我是博主”。“那也不是真正意义上的职业吧，一份正经工作，是有供职的组织和主体的。”

我用一种看精神病人的眼神看着他。

| 3 |

你可能会认为，我说的这些和内容、创业有关的话题，和你没有太大的关系。但你有没有想过，过去几年，互联网是如何改变了你的眼界？社交网络冲击着传统行业，自媒体平台几乎摧毁了传统媒体，我们每天打开手机的时候，被各种信息充满，你好像看到了更多东西，了解了更多知识。所以，是有关系的。

但提供信息的人已经和从前不一样了。

站在大多数人的角度，你会希望在互联网中看到自己想看的内容，这一点人工智能再清楚不过了——它总是会把你想看的东西推荐给你。

这导致了大部分人都选择消化热点，停在认知的原处，不去探索，不去思考，不主动建立新的社会关系。

站在内容提供者的角度，我希望自己成为有别于人工智能的人。

| 4 |

我所做的是一个必须到世界各地去出差的创业项目，初衷是把喜欢发现世界并且乐于分享的人聚集在一起，大家“在路上”编辑好内容，在此行程中，去探索内容的价值，带着情感认真地写作。而不是坐在办公室的电脑前，扮演人体信息漏斗——这种漏斗迟早会被人工智能替代的。

这就是为什么你需要更多的像我们一样的内容创业者。我胆敢这样说，并不是源于我们目前的成就，而是源于我们的初衷和愿景——虽然能够带来转化率、带货不是坏事，但我从来不认为能够带货是媒体的价值标准。媒体更重要的价值，或者说更高的标准在于：启发读者的想象力。

| 5 |

能够带着一个可以满世界跑的团队制作内容是不是好事？当然了。特别对新人来说，能够因公务旅行是件很兴奋的事。少年时代，不就应该多看看世界，为自己的人生积累财富吗？

“在青春期要见识一些真正宏伟壮丽的东西，就是超越常人所见的那种东西。比如，数千米高的热带火山、航行数日也见不到陆地的大海、坠落的千百颗流星、午夜在沙滩上遥望大麦哲伦星云、巨树撑起绿色宫殿、蓝色冰山、比整个城市还要大的高积云……在未来许多艰难的时刻，这些事物就是我们的精神支柱。”

这是我在微博上看到过的最受鼓舞的话。

如果我们的团队见过了宏伟壮丽的东西，并向读者分享了这一切，而读者从这些内容中获得了启发，那么我们就创造了有价值的内容。

| 6 |

创业的目的是做一份自己喜欢的工作，从事内容行业，我认为自己还有赤子之心，一直没有变过。坚持去做高标准的内容让我感到非常骄傲。

还记得那个试图证明创业者或者博主不是真正意义上的职业，而一份正经工作应该有固定的服务主体的人吗？

实际上，我们的服务主体就是读者。提升我们的服务，就是为他们提供更好的内容。

除此之外，创业还让我建立了新的社会关系——在旅途中认识了很多人，在工作中认识了新同事和合伙人，甚至还认识了更多的投资人。

这不是一件很棒的事吗？

对内容创业者来说，人们都笃定的事情，也是一种创业的动力。美好的创业，不只是为了创造自己喜欢的事物，也是为了给这个世界带来点儿什么。

驱除魔咒的最佳途径，就是建造美好之物

我刚看到那只狐狸，就想好了新小说的开头。

圣诞节期间，我住在英格兰南部的布莱顿夫妇家里。他们已经结婚30多年了，如今既不睡在同一个房间，也不在同一个时间上床睡觉。然而，洗手间就在两个房间中间，这样我晚上起来上厕所就要格外小心，既不能惊动布莱顿先生，也不能惊动布莱顿夫人——但我在午夜时分经过落地窗时，在窗外圣诞树闪烁的灯光下，看到了狐狸。

布莱顿夫人跟我说过那只狐狸的故事，他们给它起名叫"21世纪福克斯"。它常穿过篱笆到花园里觅食。花园里不种食物，偶尔盘子里会有骨头和鸡肉，当然是好心的布莱顿夫人把厨余收拾好放在那儿的。我们都没有料到，到了12月，狂风大作，狐狸还是自动找上门来了。

在惊奇和窘迫中，我向它挥手告别，然后它若无其事地掉头走开了。这个神奇的画面，让我深受启发——我决定一回到伦敦就开始写我的

布莱顿海边，有一种文学意义上的悲伤。

新小说。

之后我回到了伦敦，持续 3 周的阴雨天气，让这座城市像个失恋却输不起的人一样。我们花了半个月习惯了当地人的交通规则（约等于没有规则），却没有习惯这样的天气。

我们，即我和另外两个参与“到访伦敦”计划的同事，此外就没有其他人同行。

出发前，我曾在公寓楼下遇到邻居飞猪，那个时候离他开发的“一闪”（一款很受欢迎的视频软件）上线还有两周。我满心期待地邀请他加入我们的队伍，“我们将在这里生活一段时间，然后拜访当地人，一些普通人，而不是《孤独星球》或是《旅行家》的作者”，“伦敦是第一站，接下来还会去其他地方，我们将拥有移动的办公室”，并和他畅谈了在此基础上如何录制出色的视频的事情，但最终没有告诉他确切的出发时间。

因为在聊天的过程中我发现了很多问题，这些问题让我对整个计划失去了信心。

由此可见，你不能把太多人拽入一件没有十足把握的事中。当然也有可能是在那段时间里，我被其他（不计其数的）糟糕的事情彻底摧毁了自信，从而对“到访伦敦”计划也没了把握。

记得 11 月，我沉浸在公司变动带来的痛苦中，只好打电话向多年来一直支持我的朋友求助。他在电话里既愧疚又坚决地说：“哎呀，我最开始帮你一把就好了。但是，最开始你表现得很没把握——你要知道，如果你表现得很没有把握，就很难获得别人的帮助。”

我们最后一回通电话，就没有再谈论这些。也有可能是我记错了，因为在这之后的很长一段时间里，我们没有再通过电话。

在伦敦，拍摄团队只有三个星期的时间去拜访那些在伦敦生活的年轻人，其间那种没有把握的感觉每天都在折磨着我。

有一天，我们要在离伦敦市中心大约一个小时车程的水晶宫公园制作采访。于是，那天清晨我从牛津大学附近的小镇出发，乘火车、坐地铁，然后换乘出租车来到了这个公园。到了公园，我已经筋疲力尽，刚到入口，就远远地看到同事、摄影师、受访者站在那里，就像公园里那些被冻住的雕塑一样。我还看到湖面已经结冰了，那上面有很多

亭子是这座公园唯一孤独的存在

鸟单腿站着，一动不动。

这些神态自若的家伙让我心烦意乱。

“狗屁！”我哆嗦着跑过去说，“这里不是伦敦！这里怎么可能是伦敦？我们的拍摄要完蛋了！”

我的同事让我冷静下来，说：“我们下午就会去伦敦——伦敦东区，那是他住的地方。”受访者则根本不知道跑来跑去以保持体温的我究竟在抱怨什么。就在 -3℃的旷野中，他穿着范斯滑板鞋、薄羽绒上衣和喇叭裤，顶着一头因为宿醉而弄乱的头发，站在那里一动不动。

整个上午，我忧心忡忡地望着他们游走在由灌木、鸟群和恐龙雕塑构成的巨大场景中，有时候是采访，有时候是拍摄景物，有时候则是纯粹休憩……

那是过去一个月当中最冷的一天。我的前同事 Ceci 也在现场，她已经在伦敦生活了很多年了，是我们的特邀制片人。她前一晚就提醒我们：“明天你们就能看到我穿得臃肿的样子。”但你知道，在时尚行业工作太久了，没有人会真正穿得臃肿，更何况她现在的身份是时尚博主，正运营着自己的时尚公号“CC 在伦敦”。

大多数人对时尚博主的印象是：光鲜亮丽，自己不用写稿，只需要出镜，文章留给助理写就行了。但她不一样，她亲力亲为。我的很多媒体朋友都表达了自己对这些文章的喜爱。

我和她回到维多利亚站，找了一家餐厅吃饭。我脸上尽是焦虑，希望快点吃完，好回住处处理工作上的事。我说：“真是让人担心！我还有一篇稿子没有写完，因为计划太满了。每当任务没有完成的时候，我就非常自责，而且对很多事情都失去了信心。”

她说：“你已经足够成功了，不用那么焦虑。你看，你把团队带到了伦敦，今年你还出了自己的书……”

“这些都是世俗的成就。”

“但你也应该为自己感到高兴。”她在博客中展现的积极能量，使得她在平时与别人的交谈中充满阳光。

“当然啊，我很为自己感到高兴。”

那个时刻，我不是真的高兴。几天之后，也就是圣诞节刚刚过完，布莱顿夫妇把我送到门口，他们异口同声地指出了这一点。

“你看上去一点儿都不高兴，”布莱顿夫人说，“今天是26日，假期还没有结束，你不应该这么快就开始工作。没有人应该在假期里工作。”

“我必须回伦敦，没有工作就挣不到钱。”我回应得非常悲壮，“而且——在中国，我们没有圣诞节假期。”

布莱顿夫人的脸上露出了怜悯的表情，她说：“我们总是可以挣更多的钱，却腾不出更多的时间。”

这句话让我提前陷入了对“终极问题”的思考中。

所谓“终极问题”，都是和时间相关的问题。例如，过去一年我对时间的利用是否合理，时间的分配问题，时间之于收获的价值是什么。

有没有赚到钱已经不能成为我衡量收获的标准了。我要做一些简单的算数，例如：减去我刚买到就弄丢了的汤姆福特金属零钱夹，减去我因为心情糟糕而效率低下的14个工作日……那么过去一年是我收获最多的一年。

这种收获体现在：当所有人离我而去时，我选择了建立全新的社会关系。（“你不能永远把自己当成任何一段关系的受害者！”）

这一年中，我的工作地点不断在发生变化，包括伦敦、纽约、哥本哈根、欧登塞、马尔默、哥德堡、斯德哥尔摩、赫尔辛基、那不勒斯、日内瓦、洛桑、维也纳、米兰、圣莫里茨、马尔代夫……我既看到了雪山，也见到了大海。

可能你会问，走了很远的路，是否也是一种收获呢？当然。因为我不仅仅是在走路，还在路上学到了很多知识。

我们采访过的旅行网站编辑亚历克斯·乔丹也同意这一点。那天上午，他刚从加勒比海一处度假胜地回到伦敦，让我们去贝克街的地铁站等（迎接）他。这让我羡慕起旅行网站的编辑来：从30℃的海岛飞到–3℃的伦敦，只需把一件大衣套在身上，就能直接开始工作。

他任劳任怨，和我们在下着雨的伦敦街头游走着。我觉得非常辛苦，他却不断激励着我，让我坚持下去。事实上，在认识他之前，我和世界上名叫亚历克斯的人都相处得不愉快——所以，还是要和更多的人打交道（想不到的是，我们此行遇到了三个叫亚历克斯的人，他们都很好）。

秋天的时候，亚历克斯·乔丹生平第一次来到中国上海，住进了外滩一家新开的酒店里。他爱上了这座城市，不仅因为美丽的天际线。他说：“最让我吃惊的是，人们都很友好。”

这句话深深刺痛了我。

至于为什么会刺痛我呢，现在请你设想一下：有个人生活在瑞典，

在泰特现代美术馆里看到对岸的伦敦。在美好的天气里，你很容易就会爱上这座城市。

他非常想保护地球，而与此同时，另一个生活在非洲的人却在猎杀大象。这个瑞典人怎么才能知道，他认为对的事情，会对那个猎杀大象的人造成不良的影响？

其实，我想表达的是一种信息不对等和目标不一致带来的刺痛感，这就像一个魔咒。相隔千里，人们既没有共同的目标，也不能互相了解。通常情况下，你以为的世界并不是你以为的那样。

这个魔咒也被施加在这个旅行编辑身上，虽然他比普通人去了更多更远的地方。而我们此时正在做的事——实施“到访伦敦”的计划，以及此后将要在其他城市进行的（艰苦的）采访，能够在多大程度上消解这种刺痛感呢？

后来，我在伦敦飞往北京的飞机上看了一档旅行节目：从美国洛杉矶出发环游世界的主持人，来到俄罗斯，玩了一天后，突然对那种美国人因为政治和意识形态而对俄罗斯人产生的偏见感到极其厌恶。他对着镜头说：“最让我吃惊的是，人们都很友好。”

这句话和亚历克斯·乔丹说的一模一样，我感到非常震惊。

与此同时，一个谜团被揭开了——就是那个让我失去“十足把握”的罪魁祸首。

我们会出现没有把握的状况，并非因为失去了实现目标的条件和能力，而是对目标产生了怀疑。

泰特现代美术馆

带着摄像机去走访每一个城市，改变不了这个世界，所以这是个不切实际的目标。然而，仅仅凭借这件事，我们可以在读者或是观众心里埋下一颗好奇的种子。

所以说，驱逐魔咒的最佳途径，就是建造美好之物。

你还记得那只狐狸吗？那只名叫“21 世纪福克斯”的狐狸。我回到北京，布莱顿夫人说狐狸生了幼崽，它闯入家中，把所有的食物都叼走了。我首先表示了震惊，随即提到了圣诞节的晚上我和狐狸相遇的事情，并且即将开始写一部小说。

“它中了魔咒。”布莱顿夫人说，“你听过那个故事吗？在圣诞夜出来觅食的动物都中了魔咒——它们本应该在窝里待着的。就像在圣诞节工作的人，也中了魔咒。”

看得出来，她对我的突然离开耿耿于怀。

“你要写的小说是关于什么的？”

“旅行。”我确定地说。

“你喜欢吗？”

“你是说写作还是旅行？”

“两者都是。”

“我觉得……应该喜欢。”

“那很好。”她补充说，“但你要高兴。如果你必须去工作，就应该保持高兴的状态。你不用向别人证明这份工作很重要——不工作就挣不了钱，这样想太愚蠢了。你只需要证明：我很高兴。为了将事情做好，首先你得喜欢做这件事，而不是喜欢这件事情的结果。”

碎片大厦

你该辞职了

前公司有一位我比较熟悉的同事离职了，他主动跟我聊了几句，我当时觉得很难过。

别人离职，我难过什么呢？

我难过的是，对方仍然热爱自己的工作，但是由于一些特殊原因不得不离职。

很快，他却开导我说，只要工作的时候觉得自己是喜欢这份工作的，离职的时候就不会觉得遗憾。

“当你热爱一份工作的时候，一定要全心全意地付出，这样有一天即使你换了工作，也不会后悔，不用带着过去的悔恨去完成现在的工作。”

我非常赞同他的观点，觉得也许感情也是一样。

然后我立刻把上面这句话发到微博上，后来有人回复说：“但我就是不热爱我的工作啊！”

以前我脾气不好，可能会说：“那你就干脆辞职回家睡觉、哭泣好了！”

但是我现在更倾向于这样说：“你应该先想清楚，确认自己的能力和价值，然后换一份能实现自己价值的工作——能体现价值和能力的事本质上是能带来快乐的事。”

实际上，我也有不热爱自己工作的时候。相应地，我的主观能动性也没有得到很好的发挥，后来的确做了很不开心的事。

记得有一次，我拿出一些证据（例如进度表格）来应付领导对我的工作进度的质疑：项目开展一个多月了，我还没有太大收获。我沮丧并理直气壮地说：“您看，这件事我一直在跟进，没有偷懒，一直放在心上。”

他完全没看我的表格，只是说：“如果你有任何需要达成的目标，如果你真的想做，并且尽力了，这个目标早就达成了。不要把精力放在让我相信你对进度很关心这件事上。如果你每天在表格里填的都是‘进行中’，那你向我展示的只是填表的进度。你自己变得松散的时候，并不会改变我是个严厉的人这个事实，我不需要看这些。”

他看穿了我的样子让我印象深刻。

那个时候，我第一次意识到自己面对工作很无力。当时我没有选择辞职，是因为我年纪还小，没有深入考虑过自己的工作去向。后来，我意识到一个问题：当你不热爱自己的工作，却不知道自己该不该辞职的时候，你应该做出判断，这份工作是在滋养你还是在消耗你。

我们当然不应该选择去做消耗自己的事。

如果你发现工作并没有在消耗你时，你需要做的就是接受工作对你的滋养。例如，当时上司批评我，其实是一种警示，就是工作在滋养我（你需要自己去发现，而不要听信老板的花言巧语）。

我去年年底做过一份关于工作的调查报告，后来没发出去。

调查结果基本上是两个极端：热爱自己的工作，不喜欢现在的工作。

热爱工作的人，应该说很幸运，因为毕竟这个世界上不是所有人都能从事自己热爱的工作的。

至于不喜欢现在的工作的人呢，世界上没有一份工作、没有一个岗位是为你的喜好定制的，工作当中肯定有和自己的需要和理想不符的部分。大家都是成年人，都出来工作了，这点道理应该都懂。

不情愿地工作，原因当然有很多了：太累了，太焦虑了，压力太大了，等等，这些都是人之常情。因为我们现在做的很多事并不是为了实现梦想，而是为了谋生。而为了谋生去做的事情，是没有舒适可言的。

工作的话题根本不是我平时想去讨论的，三百六十行，你不太可能理解每一行的价值和辛苦，但总的来说，我仍然觉得能够热爱自己工作的人是幸运的。

从这一点来说，我还是祝你找到自己热爱的事业。

你花那么多时间追明星的八卦，别人花点时间去旅行怎么了

我就听说，旅行越来越被当成一种“当代修行”了，但实在不知道从何说起。有一次，同行的人里有游历丰富的人，我就问对方：“你觉得旅行算是一种修行吗？”得到的回复是：“我没有办法回答你这个问题。”

这个问题的确让人困惑，也不知道为什么旅行就莫名其妙地被当成一种“当代修行”了。我咨询了周围的朋友——擅长发表批评意见的博主们，发现这个话题最可能的来源是，在社交网络中，旅行原本是一种积极的个人经历，却被过度展示出来。

例如，很多人把去中国西藏、尼泊尔视作净化心灵、寻找宁静的旅行，但时刻忘不了在朋友圈里发照片。因此，这种行为被视作一种虚伪的“修行”。

我立刻对这种妄下定义的互联网文字游戏表示深深的鄙夷。一方

面，越来越多的人喜欢将人群归类，赋予他人生活的意义，例如，你住在望京，月薪1.5万元，那么你就应该拥有什么样的生活，或者你在国贸上班，你就很容易被归到“晚上应该去练瑜伽”的那群人中；另一方面，很多人对发朋友圈这件事有着很大的误解，他们觉得发朋友圈晒小孩、晒老公、晒代购都是罪大恶极的事，更别提在你拼命加班的时候晒旅行照片了——这些人简直是他们这辈子再也不想一起吃晚饭的人了。

可是，如果你是那种即便是放了长假也选择在家里吃外卖、刷手机的人，就没有资格批评别人在朋友圈里发旅行照片。

我知道现在很多人很反感朋友圈，甚至屏蔽了朋友圈（讽刺的是，这也被视作一种“当代修行”），但是别忘了，那是朋友圈，不是你主编的杂志、理想中的完美世界。

你应该能想象得到，这种抱怨在每一个假期里都会突然增多。然而，即使你屏蔽了别人的图片，却屏蔽不了别人的生活。

所以，弄清楚旅行是不是一种修行，对我们来说根本没那么重要（从本质上来说，形成“当代修行”这个概念的人是在批判社交网络），相反，我们不应该对别人的日常生活充满敌意。

由于工作原因，我经常处在一种半出差半旅行的状态，所以我很少用自己的亲身经历去验证旅行的意义。不过，我会花很多时间和旅行者交谈，了解他们的感受。总的来说，我觉得如今的旅行目的性太强了。

有的人是因为工作，例如我；有的人是为了写攻略，例如一些每天都在外奔波的旅行博主；有的人是为了解压，因为工作太劳累了；

有的人为了逃离一种社会关系，或是为了在途中寻找爱情，维持亲密关系——我知道的简直太多了！

但我相信没有人会为了发朋友圈才去旅行的。

我们一直欣赏西方人的冒险精神，年轻的画家和文学家，例如凡·高、安徒生、海明威，通过作品展现了旅行对个人风格的影响。其实在中国，旅行文化由来已久，古代的诗歌和绘画中，甚至各种人文地理著作里都有所体现，可是到后来旅行被认为是“不务正业”，长期远游更被认为是“不孝之举”。

由此你就知道，在一些人眼里，旅行根本就不是什么值得推崇的事情。另外，因为旅行的“经济门槛”越来越低，很多人都有过自以为的旅行体验，所以人们越来越觉得旅行并不是什么稀奇的事儿了——谁没去过几个欧洲国家呢？谁没去过几个东南亚海岛呢？不就是那么回事嘛！

不是啊！

我说的是旅行，不是旅游，甚至也不是度假。很多时候，长时间旅行被认为是度假，长时间不工作，难得可以享乐生活，这显然和“修行”沾不上边。其实，旅游更多的是一种消遣，这当然也不是坏事，很多人甚至可以从“签到”这个简单的心理需求中获得极大的满足感。

修行是一种持续时间较长的活动，在一定的时间里修养德行，使身心获得成长。你还需要明白的一件事是，你自己心情不好就算了，不要影响其他人——不带恶意地活着就是最大的美德。

无论是旅游、旅行还是度假，对我们来说都不是浪费时间。它们都让你脱离了原有的社会关系，你会看到不认识的人，和陌生人对话，发现崭新的世界，甚至重新构建自己的社会关系。

很明确的一点是，即使不能把旅行当作一种修行手段，但是从认知角度上来说，它也不会让你的人生倒退，而是可以让你不断成长。

我突然想起来，第一次得知“当代修行”这个概念时，我正好在瑞士出差，当天的计划是从圣莫里茨乘坐冰山快线去米兰。等车的时候，我们在社交网络（主要是微信和微博）上看到很多和明星有关的八卦，媒体和普通人都对这些消息非常感兴趣，我们也展开了激烈的讨论。

在社交网络中窥视、评价他人的生活是否已经成了一种替代自我探索的方式？例如，通过评价他人来证实我们的人品、内心的道德标准以及人生准则。然而，我们却很少探索自己真实可触的人生，分享自己的经历。很快，就像陷入了一个恶性循环——我们开始继续评价他人的人生……

讨论了很久，我们的车还是没有来。

工作人员赶来通知我们，前序列车脱轨了，我们这一趟车取消了。我们立刻就从这种窥探他人生活的讨论中回过神来，一边感叹旅途中的意外是如何磨炼了我们的耐心，一边为自己安排下一个行程。